U0013304
咖啡
圖・手刀葉
04
在座寫輕小說的各位，全都有病

在座寫輕小說的各位，全都有病 4
目錄

第一話　最強慘敗先聲奪人《言靈幻真》

「聽好了！為了報當年之仇，一旦你戰敗……鄙人，將會奪走你的戀人！」

態勢無比張狂的颱風仍未過境，於晶星人的飛船防護力場外，豆大的雨點覆蓋了天幕，誓要颳飛一切的颶風厲嘯不已。

小秀策話聲落下的同時，閃電橫空，天邊連續劃過幾道閃電。

在森白的雷電亮光中，眼神中帶著濃濃仇怨的小秀策表情無比猙獰。一道閃電轟隆隆地劈中廣場遠處的一棵大樹，炸起震天暴響，火焰迅速點燃整棵樹，濃厚的黑煙直衝雲霄，讓所有師生臉上變色。

「呵呵呵呵……」

小秀策再次張開紙扇，故作風雅地替自己搧風。

「柳天雲，昔日你奪走了鄙人的榮耀……今日，鄙人就來奪走你的戀人，讓你嘗嘗相同的痛苦！」

「……」

風鈴……很有可能就是晨曦。

在之前，每當想及這種可能性，我就會感受到異樣的情緒湧上。

——那是足以滿覆心頭、讓人思緒紊亂的惶惑。

如果風鈴就是晨曦，我要向她說些什麼？

僅為本心而戰的晨曦，無比純潔與高貴，與當年汲汲於勝利的我形成強烈對比，在記憶中留下鮮明無比的身影。

曾經將勝利視為一切，不惜迎合評審也要得勝……讓晨曦如此失望的我，有資格去見她嗎？

於是，愧疚、徬徨、膽怯、不安形成了巨大的恐懼，一再削減我的信心，阻住我探明晨曦身分的步伐。

「……」

我感覺到風鈴小小的手掌貼在我的背上，像是在向我尋求庇護那樣——她緊張地捏住我的後背制服，身體有些發顫。

察覺後背來自風鈴的震顫，我的視線盯著地板，拳頭慢慢握緊。

「你是說……你戰勝了之後，就要奪走我身後的少女？」

「哼，還需要鄙人再重複一次嗎？你身後的女孩長得這麼可愛，當你女朋友其實也是浪費了。」

「你是說……你戰勝了之後，就要從我這裡奪走風鈴？」

面對我第二次的問話，小秀策冷哼一聲，並不回答。

然而，於我的心中，第三次問話轟轟而響……那聲勢，甚至蓋過了天邊不時劃過的驚雷！

——你是說……

——你是說……你戰勝了之後，就要奪走可能是晨曦的風鈴？

龍有逆鱗，觸之必怒。

我柳天雲很少動怒，但面對小秀策的要求，我感到如岩漿般的怒火，無法克制地充塞全身上下每一個角落。

一滴汗水自我鼻尖滑下。

我的全身血液翻滾沸騰，彷彿整個人都灼燒起來。

咬緊牙關，我慢慢抬起視線，與小秀策四目相接。

以極為壓抑的憤怒語氣，我一字字慢慢開口。

「你真的認為……你能擊敗我柳天雲？」

「呵呵呵……鄙人比當年還要強很多，已經有戰勝你的把握。等著承受戰敗的痛苦吧，柳天雲。」

我望著小秀策，心中憤怒依舊，卻忍不住笑了。

那是被逼到極限後，忍不住想要放聲大笑的衝動。

「哈哈哈哈哈哈……哈哈哈哈哈哈哈哈哈哈哈……」

彷彿要將心中的怒火與怨氣全部笑出，我的笑聲越過呼嘯的狂風，遠遠傳了出去，彷彿能響徹天地，壓過那蹂躪眾生的猛烈颱風。

小秀策仰起開闊的鼻翼，在我的笑聲下，如毒蛇般的雙目慢慢瞇了起來。

而我大笑一陣之後，笑聲漸漸止歇，開口說話。

「你要戰，我便戰！我柳天雲就算實力不如當年，也不容看起來賊頭鼠腦的傢伙欺侮！」

小秀策聽了我的形容後，一怔。

「賊、賊頭鼠腦？你說如此高雅的鄙人，看起來賊頭鼠腦!?」

他比了比自己身上的白衣跟紙扇。

晶星人在這時咂了咂嘴，嘴巴一撇。

「我沒有心情聽你們閒話家常，C高中的人類，快點派出代表，與B高中的代表進行決戰！如果C高中戰敗的話，剛剛遭指定的學生就會被奪走，事情就這麼簡單！」

晶星人很不耐煩。

於是我往前邁步，走到晶星人的飛船前，與小秀策相對而立。

小秀策跟晶星人都望著我。

最後我慢慢回過頭，在呼嘯的風聲中，朝著C高中的眾人說話。

「桓紫音老師……請讓我出戰。」

我的話語……並非命令，而是誠摯的懇求。

我必須懇求。

因為此刻C高中校排行第一的是風鈴，也就是說……風鈴才是眾人心目中的「最強」。

而先聲奪人之戰的賭注，卻是風鈴本身……亦即，我們只能勝，不能敗，不然就會損失C高中排名第一的輕小說高手。

——這已經不是小打小鬧的博奕，而是生死繫於一線的兩校戰爭！

在必須拚個你死我活的戰爭中，勢必得派出最強的大將，一口氣將對方的將領斬於劍下，才能看見生機、殺出一條血路！

因此，校排名第二的我提起出戰的要求，還以風鈴做為賭注——這等於是將整個C高中的未來，都賭在「校排名第二」的我身上，而非「校排名第一」的風鈴身上！

一秒鐘過去。

兩秒鐘過去。

三秒鐘過去。

我的背後，沒有答覆傳來。

桓紫音老師，沉默了。

我整個身體都轉過去，看向桓紫音老師。

她的表情很猶豫，甚至比起怪物君來襲、C高中投降的那一次，還要更加猶豫。

「柳天雲……汝應該明白，吾的赤紅之瞳，能看見強者身上的光芒……」

桓紫音罕見地喊出我的本名，而不是用零點一這種奇怪的暱稱喚我。

她閉起一隻眼睛，以赤紅之瞳掃視我跟風鈴，而後繼續發話。

「以現在而言，風鈴身上的光芒，比汝還要耀眼。況且……風鈴平常在菁英班、社團活動的表現，都比汝更加優秀。」

「……」

「如果吾只是怪人社的指導老師，吾會希望汝出戰。但是……吾同時也是C高中的領導者，背負的東西，很沉重、很沉重……哪怕犧牲某些事物，也得拚命去提高勝算。

「這一戰，賭上的是整個C高中的未來，不容許意氣用事。」

像是不忍看見我的失望，桓紫音老師的赤紅之瞳也隨之閉上，雙眼一起合攏。

「所以……回來吧，吾決定派風鈴出戰。」

看到桓紫音緊緊皺起的柳眉，我忽然理解了——平常看起來無憂無慮、中二病突破天際的她，背負的東西其實遠超我的想像。

她不止一肩扛起菁英班跟怪人社的輕小說授課，連整頓校務的重責大任也落在她的身上。身為領導者，一旦做錯一個選擇，或許C高中就會步上覆滅之路。

在看見E、D高中對抗怪物君的慘狀後，我、沁芷柔、風鈴才知道桓紫音究竟有多麼厲害。她洞燭機先地避開了一場可能的碾壓之戰，讓我們不致灰心喪志，保有繼續進步的空間。

「以後汝的外號就是零點一！」

「這間社團的名字，叫做怪人社！」

「啊啊……果然汝身為超級怪人，天生就是當社長的料呢，零點一。」

「首席闇黑微生物，還不過來？」

看見桓紫音老師的表情，憶起過去與桓紫音所相處的點點滴滴，我心中……因為晨曦可能被人奪走的出戰意志，產生了動搖。

……風鈴非常有可能就是晨曦，我想要守護她。

可是，我不能這麼自私。

我只是校排名第二，風鈴身為校排名第一，平常的表現在我之上。

如果只能讓一個人出場……風鈴才是最適合的出戰者。

瞭解桓紫音的難處，一股悶塞的情緒卡在胸口，我勉強壓抑複雜的想法，朝著C高中的陣營走了回去。

小秀策見我離開，錯愕地將紙扇收成棍狀，在手心不斷敲擊。

「喂喂……柳天雲，你竟然不是這所弱小學校的第一嗎？依你的實力，就算跟當年比起來沒有絲毫進步，也足夠在這種地方拿下第一吧？」

他的語氣無比懷疑。

「你放水了嗎？還是……真的退步了？」

我沒有回答小秀策的話，只是走回C高中的人群裡，站在桓紫音老師身旁。

就在這時，一陣好聞的香氣鑽入鼻端。

風鈴朝我靠近，露出帶著膽怯的微笑。

「那、那個……前輩！風鈴知道……前輩很厲害、很厲害的！只要認真起來，前輩不會輸給任何人！」

彷彿想以肢體語言形容我的厲害，風鈴的雙手朝空中劃出一個大大的圓。

在凝視我的臉龐後，像是想將笑容傳導給我那樣，風鈴笑得溫婉可人。

「所以說……請前輩不要露出這種表情。那些蝦兵蟹將，交給風鈴來處理就可以了，等到更大的場面，才是前輩展露風采的時機！」

「……」

我望著風鈴。

她迷你裙下的纖細雙腿，在微微發抖。

小秀策能從怪物君的威壓中挺過、殘存，絕不是什麼蝦兵蟹將——很有可能，小秀策會是我們除了怪物君之外，前所未見的輕小說高手。

——連曾登上「這篇小說真厲害」的飛將都被怪物君輕易摧毀，此刻小秀策還能平安無事，就已經從側面證明了他的強大。風鈴應該比誰都更加明白這一點。

但是這樣子的風鈴，明明在發抖的風鈴，卻在我面前笑了。

強顏歡笑。

她故作勇敢的笑顏，在這時候看起來顯得格外柔弱。

見我不說話，風鈴上前一步，站得更加靠近我，俏臉慢慢低了下去。

「那個……前輩。一下子就好，可以請您摸摸風鈴的頭嗎？」

我依言將手放在風鈴的頭上，輕輕地撫摸她漂亮的紫色頭髮。

隨著我撫摸的動作，風鈴俏臉微紅，「嘻嘻」地笑了一聲，並露出可愛的笑容。

片刻後。

「可以了，謝謝前輩。風鈴已經從前輩這裡……獲得足夠的勇氣了。」

我的手依舊放在風鈴的頭上。

風鈴將兩隻小小的拳頭握在胸前，雙目如星辰般閃耀，整張臉都亮了起來。

「前輩！帶著您授予的勇氣……風鈴會代表C高中，去參加先聲奪人之戰，然後將勝利拿回來，與前輩共享！」

聞言，我忍不住笑了，將手縮了回來。

同時，我朝風鈴讚許地點點頭。

「好，我相信妳。」

風鈴也朝我點頭，朝氣十足地「嗯」了一聲。接著，風鈴轉身，開始朝晶星人與小秀策走去。

晶星人見狀，從懷裡掏出白色骰子在地上一撒，白色骰子迅速膨脹變大，變成骰子房間。

「地球人，妳就是C高中的出戰代表嗎？」

「是的。」

「那個誰，B高中出戰代表，秀什麼的，快過來，要開始比賽了。」

「……鄙人叫小秀策，請記住。」

風鈴跟小秀策都站到晶星人面前。

「……竟然真的不派柳天雲出戰嗎？C高中到底在想什麼。」

小秀策斜眼看向風鈴，目光帶著審視，似乎對於新對手非常不滿。

風鈴身軀一顫，似乎相當害怕。

晶星人代表站在骰子房間的門口，他深深吸了一口氣，接著……朝所有人朗聲宣布。

「我宣布，B高中與C高中——先聲奪人之戰，正式開始！」

接著……

風鈴與小秀策的身影，相繼消失在散發強烈光芒的房間入口。

骰子房間外表如骰子般正正方方，約一間套房大小，顏色通體雪白，所以大家

將其稱為骰子房間。但實際進入之後會發現，裡面的寬廣程度超乎想像，哪怕用來開千人演唱會也很足夠。

在風鈴跟小秀策踏入骰子房間後，散發強光的入口消失了。兩名晶星人站在入口處，有一搭沒一搭地閒聊。

此時，其中一名晶星人伸出手肘碰了碰夥伴的腰際。

「喂喂，一二三四五六。」

「什麼事？七六四二三四。」

這兩個晶星人似乎都以數字為名。

「一二三四五六，我記得C高中才剛剛升上六校排行的第四名。」

「所以呢？」面對夥伴的提問，一二三四五六反問得很迅速。

「第三名與第四名學校的決鬥，是以言靈幻真的方式來舉行吧，剛晉升第四名的C高中肯定沒參加過。雙方比賽經驗有落差，就算寫作實力相差不多，雌性地球人的勝算也很低。而且對於那個喜歡拿著紙扇的地球人來說，言靈幻真的比賽模式，恰好是他最強的一環。」

「……或許吧。」

一二三四五六不置可否。

晶星人閒聊到一半，忽然骰子房間出現強烈的動靜，打斷兩人的談話。

——骰子房間震動了。

像是遭遇地震侵襲那樣，整座骰子房間劇烈晃動，建築物的主體像布丁那樣搖來晃去。

緊接著，一紫一白兩團巨大的光芒自骰子房間沖天而起，穿越晶星人的飛船防護力場、飛到了高空，遙遙針鋒相對。

在狂風暴雨中，兩團光芒各自散發出強大的氣勢，氣勢之凌厲，竟似連雨水都不願落在它們的頭上。每當有雨點要穿越光芒時，就會自動讓道、滑開，逃出兩團光芒所籠罩的區域。

剛剛自晶星人的口中，我聽說了「言靈幻真」這個陌生詞彙。

「……這就是言靈幻真嗎？天上那東西，不知道代表什麼。」

我抬頭注視那兩個光團。

在眾人震驚的目光中，一紫一白的光團分別產生變化。

紫色的光團漸漸化為一隻龐大的紫色靈貓，脖子上掛著項圈，樣貌十分可愛。只是此刻，靈貓全身的毛髮炸得豎起，露出遭遇敵人的備戰姿態。

白色的光團則緩緩化為一隻白色餓狼，身軀比靈貓還要大上一圈，凶狠的臉頰上劃過一抹刀疤，鮮紅的舌頭吐出、滴著口水，眼神中帶著不屑與嗜血的戰意，似乎隨時打算撲上去撕碎敵人。

「喵！」

「吼！」

紫色靈貓與白色餓狼對著彼此發出狂吼。那吼聲震散了暴雨、退避了狂風——在雙方吼聲碰撞的剎那，方圓數里的風雨竟然被瞬間驅散，等到吼聲消散後，風雨才卑微地重新落下。

天上的餓狼跟靈貓……究竟代表了什麼？

此刻仍在震動的骰子房間裡，到底發生了什麼事？

言靈幻真模式，到底是怎麼個比法？風鈴能不能取勝？

無數疑惑閃過我的心頭。

剛剛被夥伴稱為七六四二二三四的晶星人在此時轉頭，看見我們驚訝的神態，忍不住笑了。

「真是少見多怪呢，地球人。天上那兩隻動物，是骰子房間裡正在比賽的兩名地球人、他們的寫作氣勢被骰子房間具體化後……所形成的氣勢幻獸。隨著他們不斷進行交戰，戰況的好壞也會忠實地反饋在高空中的氣勢幻獸身上。

「寫作者本身越強、占據越大的優勢，通常氣勢幻獸就會更加強大……如果其中一方在比賽居於劣勢，那他的氣勢幻獸就會節節敗退，氣勢不斷被削弱，甚至被打到煙消雲散。」

七六四二二三四簡單地對我們做出解釋。

「總而言之，只要觀看天空中的氣勢幻獸，就可以大概瞭解骰子房間內的比賽情況。」

他剛說完，另一名晶星人一二三四五六不滿地瞪了他一眼。

「……你從剛剛開始就很多話，對這些程度跟宇宙猴差不多的原始人說這麼多幹麼？再說，我們是比賽的評審、裁判，不要做出多餘的事。」

七六四二三四淡淡一笑，朝夥伴搖了搖頭，「畢竟是我送她回去的……不小心……多說了點。」

「哼，七六四二三四，我們的目的是選拔出最有趣的輕小說來獻給女皇，你還記得吧？如果明白的話，就別再插嘴。」

小小的爭執過後，兩名晶星人都緘默了。

而天上的氣勢幻獸……餓狼與靈貓，在颱風帶來的驟然雨勢中，腳踏虛空，注視著彼此，緩緩繞著圈子，像是在尋找對手的破綻那樣。

從氣勢幻獸的氣息裡可以感受出來，靈貓是風鈴，而餓狼是小秀策。

我不知道骰子房間裡此刻正在進行什麼樣的輕小說拚鬥——但是，風鈴正在戰鬥，為了C高中不斷努力著，任誰也能看出這一點。

「吼！」

過了幾秒鐘，餓狼大吼一聲，飛躍的身軀彷彿一道白色流星，勢道無比狂猛，朝著靈貓展開撲擊。

而紫色靈貓的速度也不慢，輕巧地避過攻擊，餓狼迅猛的進襲只穿過靈貓留在原地的殘影。

但白色餓狼並不氣餒，腳在半空中一點，身軀快速迴轉，一次次向靈貓撲去。

白色餓狼的每一次撲擊，都劇烈帶動C高中眾人的呼吸與心跳。

「加油……」

「風鈴大人加油！」

不知道是誰先開頭的，或許是風鈴的親衛隊成員，或許不是，在教學大樓前的廣場……抬頭望著氣勢幻獸戰役的一千多名C高中學生，紛紛開始吶喊。

所有人都在呼喊著風鈴的名字——

「風鈴大人加油！不可以敗給B高中的壞蛋！」

「風鈴大人一向是我們的救贖，我相信她……絕對會帶領大家走向勝利！」

有如熊熊騰升而起的烈火，恍若席捲大地的神風，在這一刻——C高中眾人的意志沸騰了！

不管是不是風鈴的親衛隊，C高中所有學生在這一刻，紛紛用盡全身力氣朝著天空大喊，試圖將一千多人凝聚而起的加油聲，傳達到紫色靈貓的身旁。

「風鈴大人！風鈴大人！風鈴大人！」

「不可以輸給那隻臭狼！」

——在加油聲浪傳達至高空的當下，紫色靈貓的耳朵忽然微微聳動。

接著，紫色靈貓像是受到激勵那樣，動作更加迅速，甚至在某次驚險的閃避中，趁著空隙給了白色餓狼一記巴掌。

白色餓狼被打了巴掌，雖然沒有受傷，眼中卻透出驚人凶焰，牠扯開嗓子仰天長嘯，憤怒到極點。

那是代表輕小說強者小秀策的白色餓狼……所發出的憤怒長嘯！嘯聲帶著摧毀之意，在四周不斷迴盪，震人耳膜，與C高中一千多名學生的加油聲隱隱對抗，甚至那餓狼還低下頭，凶狠地打量底下的學生。

「風鈴大人！風鈴大人！風鈴大人！風鈴大人！」

「風鈴大人！風鈴大人！風鈴大人！風鈴大人！風鈴大人！風鈴大人！」

加油聲。

與一千多人產生共鳴、足以驚天的加油聲！

「喵——！」

無數加油聲似乎強化了紫色靈貓的戰鬥意志，牠以小鬥大，以弱搏強，開始頻繁對餓狼發起挑戰，一點一滴地在對手身上累積傷勢。我正在觀看高空的氣勢幻獸爭鬥，身後卻忽然響起輕微的腳步聲。

我轉頭看去，看見了沁芷柔。

……也看見了幻櫻跟雛雪。

怪人社的社員，到齊了。

「吶……柳天雲。」

沁芷柔站在我身後，低頭踢著地上的石頭。她的聲音很低，失去了平時的精神。

「敵人好像真的很厲害，你覺得狐媚女……能不能贏？」

對於沁芷柔的提問，我沒有進行任何思考，就給出了答案。

——那是打從內心深處，我所堅信的答案。

「當然能贏，風鈴答應過我們……會帶著勝利回來。」

「嗯。」

沁芷柔輕輕應了一聲，咬著下唇，將金色的髮絲拂到耳後。

她俏麗的臉上，滿是溫柔之色。

……這麼溫柔的沁芷柔實在很少見，我忍不住盯著她看。

「……！」發現自己被注視，沁芷柔微微一驚，馬上撇過頭去，雙手抱在胸前，露出了不起的樣子。

「啊啊……本小姐才不是在擔心那個狐媚女，只是那、那個……對了！她現在是校排名第一，而本小姐雖然很厲害很厲害，卻只是校排名第三，如果狐媚女輸掉的話，豈不是顯得本小姐更差勁嗎？總、總之呢，柳天雲，你可不要產生奇怪的誤解！」

我點點頭。

撇過頭去的沁芷柔，偷偷向我看來。

她見我只是點頭，更加不滿，伸手捏住我脅下的軟肉，狠狠一掐。

我吃痛，身體不禁一縮，「妳幹麼掐我！」

「囉唆！我想掐就掐，沒有理由！」

「蠻不講理啊，妳這傢伙！」

「吵死了！」

沁芷柔氣鼓鼓地轉過身去。

而雛雪跟幻櫻，也站在不遠處。

雛雪手上拿著白色繪圖板，高高舉向天空，上面寫著「風鈴加油」四個大字。她附近同時有男學生跟女學生，所以人格沒有產生變化。

而幻櫻……

幻櫻身處於廣場旁行道樹造成的陰影下，她的一張俏臉乍看面無表情，但若是細細觀察，卻能看出嘴角掛著隱隱約約的笑。

那笑容，很輕、很淡……就像忘了加糖的咖啡那樣，同時也帶著揮之不去的苦意。

在我朝幻櫻看去的同時，我忽然產生一種錯覺——幻櫻的身影似乎突然變得透明，有種距離她很遙遠、很遙遠的感受，就像撒腿往太陽奔去的夸父那樣，不管再怎麼往地平線奔跑，也永遠無法縮短與目標的距離。

那是一種怪異的透明感。

恍若……透明的除了幻櫻的身軀之外，也包含她的存在感。

但是……那種奇妙的感受一瞬即逝。

在我眼中的幻櫻再次恢復正常，她嘴角掛著的笑容也消失不見。幻櫻抬頭看了天上的氣勢幻獸一眼，轉身離開，隱沒在漆黑的夜色中。

……我果然太累了。

累到會產生錯覺。

「吼！」

「喵！」

「吼吼吼吼吼——」

「喵喵喵——」

天上的氣勢幻獸之戰已經進入白熱化階段，狼吼與貓叫聲不絕於耳。

白色餓狼與紫色靈貓的身影……已經無法用肉眼去捕捉。在我眼中，牠們變成了兩團不斷進行碰撞分開再碰撞分開的迅捷光影。

……外界一個小時，等於骰子房間內一百個小時。

也就是說，雖然現實時間只過了十分鐘，實際上……風鈴已經苦戰超過十六小時。

面對強大的敵人，風鈴卻沒有氣餒……平常嬌怯膽小的風鈴，在C高中面臨存亡之戰的關鍵時刻，卻爆發出超乎所有人想像的意志力。

我曾經聽過這句話：每個人心中都深埋著勇氣的種子，只等著條件合適的時候發芽、成長茁壯，最後變成任何人都無法忽視……將枝葉盡情擴展開來的參天神木！

「風鈴大人！風鈴大人！」

「風鈴大人！風鈴大人！風鈴大人！風鈴大人！」

C高中內的呼喊聲依舊貫徹校園。

一字字、一句句的「風鈴大人」，既似禱祝——

——也像祈求。

禱祝風鈴取得勝利。

祈求風鈴不要敗北。

所有人共同織起的加油聲浪之大，連兩名晶星人臉上都現出驚訝。

白色餓狼跟紫色靈貓的身影不斷交錯又分開，在重複交手了上千次後，牠們的身影終於停下。

風雨如浪，在颱風帶來的淒厲聲勢中，兩隻氣勢幻獸隔著上百公尺默默對視。

隨著兩隻氣勢幻獸停下，我終於能看清白色餓狼跟紫色靈貓身上的傷勢。

「……」

白色餓狼的眼神仍是無比凶狠，身上的皮毛有兩道輕微劃傷。

而紫色靈貓……背上、側面、頸項，共有三個地方留下了深深的傷口。那傷口沒有流血，但紫色的氣勢波動不斷從傷口處潰散，靈貓的身軀也漸漸變得黯淡。

之前晶星人說過，這兩隻氣勢幻獸的戰況優劣——代表在骰子房間內，小秀策與風鈴的輕小說交戰情形。

光是從白色餓狼跟紫色靈貓的負傷程度，就能推斷出目前骰子房間內的情況。

——風鈴被壓制了。

——甚至漸漸產生落敗的趨勢。

不光我看出風鈴居於下風，C高中所有人也都看出來了。

「風鈴大人，不要輸！不要退後！」

「風鈴大人是我們的女神，絕不會敗給那種粗俗的壞人！」

「拜託了，請展現奇蹟給我們看吧，風鈴大人！」

紫色靈貓尾巴一搖，眼神毅然。

在一聲清脆的貓叫聲中，紫色靈貓以超越往常的驚人速度衝出！牠高速移動的身軀帶起漣漪般的紫色光圈，再次往白色餓狼撲去。

「……怎麼可能？」

驚訝的聲音自為首的晶星人口中傳出。他仰起脖子，眼睛睜得很大。

「那個綁著紫色雙馬尾的雌性地球人……竟然在決鬥中進化了……」

而他的同伴七六四二三四也露出相同的表情。

「算算時間，她在骰子房間內已經待超過二十個小時。她原本不是那個秀什麼的對手，眼看即將落敗……究竟是什麼樣的執念，能支撐她自絕境中……再次崛起？」

「……」我的雙拳，慢慢緊握。

「風鈴已經從前輩這裡……獲得足夠的勇氣了。」

「前輩！帶著您授予的勇氣……風鈴會代表C高中，去參加先聲奪人之戰，然後將勝利拿回來，與前輩共享！」

風鈴臨走前的話語，在我的耳邊重新迴響。

這樣……嗎？無論如何，妳都想完成自己許下的承諾嗎？

我抬頭。

逆著兩隻氣勢幻獸帶起的氣勢勁風，我注視著代表風鈴的紫色靈貓，雙眼一眨不眨。

我要將風鈴奮戰時的每一個身姿，都深深烙印進記憶深處……只有這樣子，才對得起風鈴的努力。

沁芷柔抓住我的手，她的手心有些冰涼。

與我相反的是，沁芷柔已經有些不敢去觀看兩隻氣勢幻獸的對決。

她怕，怕見到風鈴落敗——

——也害怕怪人社的夥伴，做為戰士隕落的瞬間。

我任由沁芷柔抓著我的手，默默不語，繼續觀看天空中的激戰。

兩隻氣勢幻獸的身影分分合合，在又經歷數百回合的戰鬥後，兩道身影終於再次拉開一段極長的距離。

白色餓狼的臉上多了一道斜斜的傷口，與原本的刀疤剛好交錯成X的形狀，一張狼臉更顯猙獰。

而紫色靈貓的傷勢更重，身上一共有八處深深的爪痕與咬痕。

白色餓狼吐出長長的舌頭。

就在這時，自遙遠的高空處，似乎是從白色餓狼的身上，傳出了縹緲不定、斷斷續續的聲音。

「妳……為什麼……不放棄……明明……已經……到了這個地步……妳……不是……我小秀策的……對手……」

「不要……再掙扎……不要……再抵抗……」

在聽完句子的瞬間，我才發覺，那根本不是什麼聲音——而是從白色餓狼身上的波動所傳出、直接在每個人心裡響起的話語。

大概是骰子房間所帶來的神奇力量，我們竟然可以透過小秀策的餓狼化身，聽見小秀策的片段心聲。

而代表風鈴的紫色靈貓化身，毅然決然地繼續往強敵迎去。

在兩隻氣勢幻獸的交戰中，時間慢慢流逝。

……風鈴進去骰子房間內，已經超過現實時間四十分鐘了。

先聲奪人之戰，房間內的言靈幻真之役，應該已經接近尾聲。

而紫色靈貓也已經搖搖欲墜，彷彿隨時會倒下。

「風鈴大人、風鈴大人加油──」

C高中眾人的加油聲，就像要喊破了喉嚨那樣，拚命想為奮戰中的風鈴提供勇氣。

在眾人迫切的目光中，白色餓狼抓到了紫色靈貓的破綻，以牙齒咬住紫色靈貓的背脊，將其在半空中不斷甩蕩，最後扯下紫色靈貓的一大塊皮肉，同時以爪子追加重重一擊，將其狠狠拋開。

被拋開後，紫色靈貓身上的氣勢波動快速消散，身上的皮肉沒有一塊完好，讓人不忍直視。

紫色靈貓受了重傷，幾乎無法站起的重傷，一雙漂亮的貓目，已經失去了神采，帶著重傷後的呆滯。

在恍惚間，紫色靈貓似有意、似無意……低下了頭，像是在C高中人群裡尋找著誰。

牠的眸子，停在桓紫音身上。

停在沁芷柔身上。

亦停在似乎處於某處陰影下的幻櫻身上。

「風鈴……不能……敗在這裡……已經答應過了……風鈴……會贏……會帶著勝利……回去……」

風鈴的心聲，虛弱地在我的心中響起。

而白色餓狼趁勝追擊，身影一個閃現之後，出現在靈貓的上方，以左前爪將其箝制，右前爪就像人類握拳出擊那樣，不斷往紫色靈貓的頭上轟擊，每一擊都帶起刺眼的白光與嗡鳴聲。那攻擊力之強……連周圍的空間都彷彿要承受不住，開始出現細微的裂紋。

紫色靈貓全身傷得破破爛爛，牠既沒有痛喊，也沒有哭叫，就只是蜷縮成一團，將雙爪護在頭上，默默忍受對方的全力打擊。

「……」

砰砰砰砰砰砰砰！白色餓狼的打擊聲已經連成一串。

紫色靈貓的目光，依舊在C高中眾人裡游移。

最後，牠的目光停留在我身上。

天與地，傷痛與和平……我與風鈴，彷彿身處兩個不同的世界，那是無法跨越的層次差距，只能透過視線做為接點，傳遞彼此的心思。

而紫色靈貓的目光，很溫柔……很溫柔，看見那目光，讓我內心顫抖。

「風鈴……答應過了……風鈴……不會讓……前輩失望……」

最後的心聲，帶著似水般的柔和，在我心底漾開，一直沁透到靈魂深處。我想說些什麼，卻又察覺開口維艱。

在那心聲彷彿沁透靈魂的剎那，紫色靈貓動了。

準確來說，是牠身上的氣勢動了。

在紫色靈貓的長鳴聲中——

轟！

白色餓狼被某種事物猛然炸開，遠遠退了出去。

隨著轟一聲巨響，紫色靈貓身上的氣勢波動忽然暴漲，全身散發出絢爛的紫色火焰——一時之間，靈貓被裹在紫色的氣勢光芒裡，明亮到讓人無法看清。

但是再仔細一看，那根本不是紫色靈貓散發出的火焰，而是牠以燃燒身體為代價，換取氣勢波動的強大。

那強大……既璀璨，也短暫。

宛如蒼穹睜開眼睛，看見眼前這悲壯的一幕般，雨勢與狂風更強了。暴雨如瀑，浸染了整個世界，放眼望去，直到視線盡頭處都是一片墨黑。

在那令人絕望的墨黑中，紫色靈貓的身軀劃出一道軌跡，在一瞬間照亮了整個世界。

世界亮了。

在那亮光中……紫色靈貓的身軀勢若奔雷，伴隨著音爆與氣浪，挾帶著熊熊燃燒的鬥志之火，一口氣撞在白色餓狼的身上——

——兩者相撞，然後狂猛炸開，綻放出如千萬煙花同時釋放般的劇烈聲勢!!

「妳——!!」

小秀策的怒喊聲響起了一瞬，接著戛然而止，白色餓狼被淹沒在那巨大的爆炸聲浪中。

轟轟轟轟轟轟轟！

轟！

呈深紫色狀的爆炸涵蓋了上百公尺，那紫色光芒之強烈，連太陽在其面前都會黯然失色。

紫色靈貓燃燒自身的捨命一擊，將範圍內的一切事物盡數吞沒，激烈衝突的氣勢與無形的能量，在瞬間蒸發了雨點，吞噬了光線，止住了狂風——

或許天上真有神靈，不允許世間有如此異相出現，無止盡的雷電驀然自天際烏雲誕生！雷龍咆哮之聲震動整座廣場，無數電光劈下，接著消失在那深紫色的爆炸中。

爆炸之聲仍不斷傳出，紫色靈貓所帶起的紫色氣浪，將威力極限壓縮在一百公尺內，如皮球般呈圓形，表面還不時竄過令人怵目驚心的電光。

她的最後一擊仍未結束，小秀策的淒烈吼聲自爆炸範圍中隱隱傳出。

最後……在一聲似嘆息的貓鳴聲中，原本範圍為一百公尺的紫色氣浪，不斷縮小……縮小……縮小，最後凝聚成小小的一點。

雖然被凝聚成小小的一點，上面所能感受到的威勢，卻更是驚人。

隨著紫色氣浪縮小成一點，白色餓狼跟紫色靈貓的身影現出。

還來不及看清雙方的情勢，那被縮為一點的紫色氣浪，以石破天驚之勢，以彷佛要將整個世界一口氣炸開的霸道，在白色餓狼身上再次產生爆炸，紫色光芒瞬息覆蓋了天地！

轟！

這次的爆炸，只有一擊。

──既是唯一，也是最強的一擊！

……爆炸持續了整整一分鐘，又過了良久，才漸漸平息，但紫色光芒實在太過刺眼，讓人始終看不清天空的情況。

「……」

風，漸強。

雨，更烈。

大雨滂沱，下得又快又急，就像用億萬臉盆裝水、從天空上倒下那樣，幾乎已經看不到雨水之間的空隙。

C高中眾人的呼吸聲相當粗重，即使身處在颱風的嘶吼聲中，那連成一片的緊張吸氣聲，也能聽得一清二楚。

兩名晶星人也相當安靜，神色帶著凝重，抬頭專注地觀察戰況。渴望。

迫切的渴望。

——C高中所有人都迫切渴望著……風鈴帶來的勝利！

天空中的紫色光芒正漸漸消散，在等待中，我感到體感時間被詭異地拉長。明明只過了幾秒，卻像是過了好幾小時那樣，使人無比焦急，手心不斷冒出汗水。

終於——

在眾人哀求般的注目中，紫色光芒平息了。

經歷風鈴奮起一戰，這場兩校之爭……終於勝負底定。

在視網膜上被暈染的光芒散去後，所有人……同時看清戰場上的結局。

「這是……」

「怎麼會……」

在周圍C高中學生的低喃聲中，我的牙關，瞬間咬得死緊。

——在如淚般的大雨中，白色餓狼傲然飄浮於半空中，身上只有不輕不重的傷勢。牠的口中……赫然叼著渾身破破爛爛、如舊抹布般的紫色靈貓。

白色餓狼的鼻孔噴出白色光芒，嘴巴用力一撕，撕扯下紫色靈貓的大塊皮肉，然後任其墜下。

紫色靈貓墜下的身軀，看起來如同雨水般冰冷，牠的雙眼失去了聚焦感，無神地落在C高中人群的正中間……

在眾人的包圍中，紫色靈貓化為點點紫芒，開始消散。

「風鈴大人……」

C高中許多女學生摀住嘴巴，但掩蓋不了自己的震驚。

「風鈴大人輸了……」

「不可能……鐵定出了什麼差錯……對了，風鈴大人肯定會像剛剛那樣再次反擊吧？會吧？會吧？」

許多人如此發問，像是自欺欺人般，努力地為死局尋找出口。

但紫色靈貓……依舊在無情地消逝。

最終……紫色靈貓徹底消散的身軀，化作無邊的絕望，擴散到每一位學生的臉上。

而骰子房間一直維持的震動，停止了。

房間大門重新出現，那是漩渦狀、如異次元通道般的大門。

在深邃而無法探清的入口裡，小秀策率先走出。他仰起臉孔，用紙扇朝自己搧風。

「勝負已分……是鄙人贏了！」

緊接著，風鈴也從門裡走出。她的臉色慘白，不敢看向C高中任何人，像是做錯事的貓咪，僅僅低著頭，默默忍受著傷與痛。

「……」風鈴沉默。

小秀策看向她，眼中閃過怨毒。

「垃圾女人，剛剛不是中途就叫妳認輸了嗎？硬要浪費鄙人的心力去進行結果不變的戰鬥！這樣鄙人晚上怎麼去挑戰A高中？哼，看妳這副落魄模樣……C高中最強，不過如此！」

小秀策將一口唾液吐到風鈴的腳邊。

風鈴依舊低著頭，沒有反駁，也沒有辯解。

就只是安安靜靜地低著頭，承受小秀策的汙辱。

過了半晌，風鈴像是終於鼓起勇氣那樣，慢慢地抬起了頭。

……然後看向我。

隔了無數學生，穿越長遠距離，我們的目光彼此相接。

「對不起……前輩……」

風鈴的眼角帶淚，露出很勉強的笑容。

「風鈴沒有完成承諾，對不起……風鈴是個說謊的壞孩子。」

她一聲聲對不起，帶著無比悲苦，如鐵鎚般重重敲擊在我的心上。

我的嘴裡嘗到一絲血味。

不知何時，我緊緊咬起的牙關已經咬破了嘴角，鮮血滲到口中。

……為什麼，妳要說對不起？

……妳已經盡力了，沒有任何人可以責怪妳。

……C高中敗了，妳即將要被別的學校奪走……傷得最重的人、感到最痛苦的人，不正是妳自己嗎？

……為什麼在這種情況下，妳還能先考慮到別人？想到自己沒有完成承諾？

在那無聲的對視中，兩名晶星人邁步上前，宣布最終的結果。

「我在此宣告——B高中與C高中，先聲奪人之戰，由B高中獲勝！

「B高中可以帶走戰鬥前指定的學生。這項決定即刻生效。」

決戰結束，一二三四五六啟動宇宙船，宇宙船發出動力引擎運轉的聲響。

而為首的晶星人像是要監視我們那樣，留在原地，等著風鈴一起踏上宇宙船。

風鈴淒然一笑，在C高中眾人的怔怔注視中，轉身朝宇宙船艙門走去。

走在她前面的小秀策似乎覺得風鈴走得太慢，回頭用力拉扯她的頭髮，大聲喝叱。

「廢物，走快一點！別再浪費鄙人的時間！」

他身材瘦弱，力氣顯然很小，但風鈴身材嬌小，頭髮又是非常敏感的部位，他這一扯，讓風鈴的表情疼痛扭曲。

「那個臭傢伙——」

沁芷柔俏臉漲得通紅，怒火上湧，眼看就要衝上前揍人，但極為瞭解學生性格的桓紫音擋住她，接著追了上去。

「……請等一下。」

她並不是向小秀策跟風鈴走去，而是從口袋裡掏出一個類似護身符的東西，交給還未上宇宙船的領頭晶星人一二三四五六。

那晶星人拿到護身符後，看了桓紫音一眼，點點頭，走上前去，打掉小秀策對風鈴動粗的手。

最後的最後，風鈴、小秀策、晶星人紛紛乘上宇宙船，很快消失在天邊的黑暗中。

「……」

隨著宇宙船離開，防護力場也跟著不見，颱風帶來的張狂風雨，再次潑灑於廣場，不帶半絲憐憫地落在眾人身上。

如蒼天怒吼般的雷電，也不斷墜落於校園中。

我的身體迅速被打溼，同時心靈帶來的劇烈無力感，讓我的雙腳一陣虛浮。

四周人群全部跑進教學大樓裡躲雨，廣場迅速淨空。

「風鈴……風……我叫做柳天雲……天能容風，風能送雲……」

「她把外號取為風鈴……是因為……我叫做柳天雲……」

「如果我是處處皆有的雲，她就會化為無所不在的風……替我送行……」

而我……望著宇宙船消失的方向，想起當日明悟的話語，雙腿一陣顫抖，忍不住於狂風暴雨中跪倒在地。

風，刮面如刀。

雨，觸身如彈。

有史以來第一次，我如此確切地感受到……身為寫作之道上的弱者，是多麼悲哀的一件事。

好無力。

好無力……

頂著刺人的強風豪雨，我雙拳用力一捶地板，眼淚奪眶而出，像是要將心中所有的憤懣一口氣發洩出來那樣，仰天發出淒厲無比的嘶喊聲。

「喀啦」一聲，廣場旁一棵行道樹從中折斷、摔落在地，震得地板一陣悶響。

霸道的颱風將整座校園吹得一片狼籍，毫無慈悲地將雨點重重打在膽敢冒險外出的人類身上。

我跪在毫無遮掩的廣場上，豪雨淋了我滿頭滿臉，每一顆雨點都砸得我皮膚生疼。

「……」

水珠匯集成流，順著我的瀏海淌下，最後流進了眼睛裡。

我的視線，慢慢被水花給模糊。

與此同時，一道人影踏進了我的視野中，她撐著傘，走到我身旁，蹲下身替我遮蔽風雨。

「……柳天雲。」

是沁芷柔。

她的雨傘抵擋不住斜斜飄飛的風雨，身上的制服被打溼了大半，但她沒有離開，語氣帶著少見的溫和。

「我們回去吧，別在這淋雨。」

「……回去哪？」

「回去教室。」

我將拳頭抵在廣場的瓷磚上，沉默片刻。

風鈴被奪走的消息，沉甸甸地壓住我的心，讓我想說的話哽在喉頭，連開口發言都感到極為艱辛。

好不容易把話掙扎出口，聲音卻沙啞到連我自己都嚇一跳。

「就我一個人回去嗎？」

沁芷柔不答，表情有些複雜。

她明白我的意思：我能夠回去教室……身後卻少了應該一同返回的風鈴。

沁芷柔將雨傘的柄斜斜靠在我的肩膀上，藉此在強風中握得更穩。

「可是……你在這裡淋雨，風鈴也不會回來了。風鈴被奪走不是任何人的錯，你沒有必要在這裡受罪。」

「……」我閉目。

我明白沁芷柔說的是實話。

然而……

然而——如果我有當年的實力，如果我跟巔峰時期一樣強，或許……或許風鈴就不會被奪走。

風鈴被奪走不是任何的人錯，但同時也是C高中所有人的錯。

如果有人足夠強大，能夠輕鬆打敗小秀策，那風鈴現在就會好端端地待在我們的身邊，坐在怪人社的教室裡，露出一貫溫婉的微笑。

「柳天雲，你待在這裡會感冒的。」

「妳不用管我。」

「我為什麼要聽你的話？本小姐偏偏要管你！」

「妳為什麼要管我？」我反問。

沁芷柔眼睛一轉，有短短一瞬間露出慌亂。

「呃……那個……對了！你想想，我是怪人社的副社長，而你是社長，副社長管理社長是天經地義的事！」

「……不對吧，一般來說，應該是社長管理副社長。」

聽見沁芷柔的奇怪邏輯，我下意識做出回應。

沁芷柔瞪了我一眼，然後迅速站起身。

「……哼。算了，本小姐才不想理你這種怪人，我走了。」

說完後，她真的轉身就走，從我身旁擦過，往教學大樓走去。

失去傘的遮蔽，四周重臨雨幕的洗刷。

烏雲黑得像化不開的濃墨，這場雨，似乎永遠也下不完。

我在雨中待了好久，無意中回過頭，卻看見沁芷柔撐著傘站在遠處凝望我。

遠。

「！」沁芷柔被我發現，似乎有些驚嚇，隨後露出滿不在乎的表情，立刻轉身走遠。

我仰頭望著天，望著晶星人宇宙船遠去的地方……明白B高中處於那個方位。

又過了不知道多久，我的眼中，忽然再次出現一道人影。

那個人自距離廣場幾百公尺外的步道慢慢走來，在重重雨水的遮蓋下，身形非常模糊。

我半瞇雙眼。

她緩步前進，終於在拉近了一半距離時，天邊閃過一道雷電，映出那人一頭長長的銀髮，與嬌小迷你的身段。

……幻櫻。

我名義上的師父。

「弟子一號。」

幻櫻沒有撐傘，踏過滿地積水，頂著漫天大雨，隔了十多公尺，遙遙對我發話。

她的話聲蘊含了勁風也無法阻擋的堅定。

「你又想逃嗎？你又想再一次……將自身困入心靈迷宮中，藉此逃避現實嗎？」

她一邊說，一邊仍朝我逐步走近。

我跪趴在地上，愣愣地望著幻櫻靠近。

幻櫻每一步都帶起越來越強的氣勢，身影神聖而凜然——在這一霎，我產生了某種錯覺：似乎就連能夠涵蓋大地的黑夜……也絲毫無法遮蔽她的存在感。

終於，幻櫻穿越無數距離，站到我面前。

她不像沁芷柔那樣蹲下身，而是直挺挺地站在我面前，讓我必須仰頭注視她。

「……當初不是約好，要以挑戰者的身分重新衝擊王座嗎？還未成為王者就先隕落，這就是你……柳天雲的氣度跟底蘊？

「獨行俠的心靈，是如此脆弱嗎？」

一句句尖銳的質詢，高傲的語調，如細針般刺在我的心坎上。

我只能沉默……

然後與幻櫻對望。

幻櫻繃起俏臉，眼眸深處卻含帶著一絲奇異的情緒。

我讀不出那情緒是什麼，但知道，幻櫻的表情……讓我有了想轉開目光的慌亂。

同時，她的眼神好像也在訴說「我明白，我都明白」這樣的話語。

被那眼神牢牢鎖定的我，感覺到沉重的壓力。

為了掙脫那壓力，我淒然一笑，笑得就像風鈴被帶走那時……對眾人展露的笑容一樣。

……妳怎麼可能懂我。

就算妳是天才詐欺師……就算妳厲害到彷彿能夠看見未來，不管什麼事都能提前料到，妳也不會懂我。

風鈴很有可能是晨曦。

哪怕妳知曉晨曦的存在，瞭解晨曦對我的重要性，那也只是表面的理解——以旁觀者的角度，站在無比冷靜的立場，做出的理解。

「這樣啊……」

看見我的笑容，幻櫻像是猜到了什麼，神色變得有些黯淡。

瞧見那黯淡，不知為何，我感到有些心痛。

那痛彷彿來自靈魂深處，在主人尚未明白原因之前，就已經痛徹心扉。

幻櫻逆著風雨，轉身慢慢走遠。

接著，平淡而冷靜的話聲，順著風勢向我傳來。

「桓紫音老師……在風鈴被帶走之前，交給晶星人的東西名為『破鏡重圓護身符』。這是之前連勝E、D高中後，晶星人給予的獎勵道具，只能使用一次。

「護身符的功用，可以短暫保護被奪走的學生一天，並且建立臨時規則……『在先聲奪人之戰展開、學生被奪走的當天晚上，可以前往奪走學生的該名高中挑戰，若是於六校排名戰中將其戰勝，在取代對方排名的同時，可以一併得回被奪走的所有學生。』」

幻櫻的話語，猶如天降驚雷，在人心中炸起隆隆巨響，讓我猛然抬頭。

「簡單來說，就算有學生被奪走，只要啟動『破鏡重圓護身符』，當天晚上於排名戰再贏過該學校，就可以將所有被奪走的學生……迎回自己的學校。」

「！」

原本先聲奪人之戰輸了之後，會一併被剝奪晚上挑戰的權利。但如今……使用了「破鏡重圓護身符」後──

──只要今晚前往B高中，在排名戰中獲得勝利，風鈴就可以回到C高中！

在無比的絕望中，我乍然看見了希望的曙光。

幻櫻繼續說下去：「但是，『破鏡重圓護身符』有個條件，那就是只能派出一名代表，獨自去進行挑戰──這些是桓紫音老師……要我向你傳達的話。」

幻櫻說完後，遠去了。

淋著傾盆大雨的嬌小身影，消失在我的視線中。

……破鏡重圓護身符。

……還有希望。

……只要贏了B高中，我們就可以奪回風鈴。大家依舊可以坐在怪人社裡，開開心心地說些怪言怪語。

以拳頭撐地，我站起身來。

站穩後，我霍地回身，卻看見沁芷柔依舊撐著傘站在遠處，怔怔地望著我，一雙鳳眼……帶著幾乎與幻櫻不相上下的複雜。

「……」

我的視線移到沁芷柔被冰冷雨水打溼的身體上。哪怕有傘，也擋不住這樣的大雨。

沁芷柔瞅了我一眼，一言不發地轉身離開。

這回，她再沒有停留。

怪人社。

此刻，窗戶以厚厚的木板加固，避免被強風給吹破。

然而就算做了緊急處理，在狂風持續地肆虐下，窗戶仍不斷發出「砰咚砰咚」的劇烈聲響，貌似岌岌可危。

桓紫音老師坐在講臺上，蹺著腳，低頭沉思著什麼。

偌大的社團教室裡，現在就只有桓紫音老師一人，顯得空蕩蕩的，有種平時沒有的孤寂感。

我知道桓紫音老師會在這。

因為特意讓幻櫻向我轉達，應該就是打算讓校排名第二的我出戰……既然如此，桓紫音老師必定會在怪人社內等我。

「桓紫音老師。」我打聲招呼。

留著娃娃頭的桓紫音，容貌格外年輕，看起來就像三年級的漂亮學姊。

「汝來了，零點一。」

「嗯。」

「知道為什麼要來嗎？」

「我已經站在這裡了，妳又何必要問。」

「哼，區區乳臭未乾的小鬼，別學大人的口吻說話好嗎？」

「嗯。」

「……別露出這種表情啊。像平常一樣把手放在背後仰天大笑：『我柳天雲身為尊爵不凡的獨行俠……』之類吧啦吧啦的，不是很好嗎？」

「嗯。」

「……別總是『嗯』啊，那是美少女敷衍追求者的專有詞彙。」

「好。」

「說好也不行！」

我知道桓紫音說這些閒話，是想讓我放輕鬆。其實她臉上的笑容也有些僵硬。撰寫輕小說非常注重心態的維持，失去平常心，寫作戰力就會大幅度下滑——

桓紫音已經考慮到這些，所以裝作若無其事的模樣。

雖然桓紫音確實是為我著想，但……我依舊無法抑止心中的苦悶。

「……」

桓紫音從講臺上輕巧地躍下，走到我面前，踮起腳，以手掌將我的頭按低。

然後用她光滑的額頭，狠狠往我額頭上一撞。

「好痛！」

「清醒了嗎？」

「什麼？」

「清醒了嗎？」

相同的兩次問句，一次比一次更加有力。

我們兩人近距離對視，桓紫音的赤紅之眸，彷彿燃燒正旺的烈焰，將紅影投進我的瞳孔深處。

「零點一，吾在問汝……清醒了嗎？」

「……」

「風鈴是汝的誰？」

「……學妹。」

「還有呢？」

「……寫作上的後輩。」

「還有呢？」

「……同一個社團的社員。」

「還有呢？」

還有……還有什麼？

風鈴是我的誰？

我忽然感到茫然。

而桓紫音似乎察覺了我的茫然，緩緩開口，替我做出回答。

「風鈴是汝的女朋友。雖然只是名義上的女朋友就是了……吾早已看出幻櫻、乳牛、風鈴跟汝是假裝的情侶。」

「……等等，妳怎麼知道？」

「這是顯而易見的事。」

「什麼叫顯而易見的事？我應該保密得很好，妳究竟從哪一點看出來的!?」

對於桓紫音的強大推理能力，我感到吃驚。

幻櫻是天才詐欺師，沁芷柔善於扮演他人，而風鈴很少開口發言——我一直都認為「名義上的女朋友」這件事，是我跟三名少女共有的祕密，沒想到桓紫音竟然看出來了。

到底是怎麼發現的？

以我獨行俠強大的推衍能力、謹慎手腕，不至於露出破綻才是。

我正在細細思索，越想越是佩服桓紫音的厲害時——

「告訴汝吧，零點一，吾是怎麼知道真相的。」

竟然肯告訴我嗎！

我豎起耳朵，而桓紫音眉頭一抬，終於將她身為名偵探的祕密說出——

「像汝這種殘念至極、沒有朋友、長相只能算是中上、整天按著臉哈哈大笑、中二病爆表、常常沉浸在自我設定的小世界裡、除了課業成績良好之外沒有任何優點的糟糕少年，是不可能認識女生朋友的……何況交女朋友……更別說跟幻櫻、乳牛、風鈴這種高階模特兒等級的美少女成為情侶關係……還有……」

桓紫音雙手扠腰，一邊說一邊點頭。

「……等等，別再說了。」

我揮手止住她滔滔不絕的言語。

「嗯？汝不是想知曉通往真相的大道嗎？」

「是，但您所說的大道，也通往絕望的深淵。」

「這樣啊……連汝看見的自己，也是絕望深淵嗎？」

「……」我沉默。

桓紫音像是起了一絲憐憫，再次踮起腳，像撫摸寵物那樣，手掌前後來回，將我的黑色短髮撓得凌亂。我的頭髮原本就被雨水淋得溼透，被她這樣一撥，髮型變得亂七八糟。

之後，桓紫音替我整整衣領。

「怎麼樣，現在心情好點了嗎？」

「不……總覺得變得更加糟糕，就像快凍死的人吞進一坨思樂冰那樣。」我搖頭否認。

……被狠狠批評了超過一百個字，大概只有抖M的心情會變好。

「算了，總之汝稍微打起精神了。」桓紫音嘆口氣，「給吾聽好，零點一。汝現在是校排名第二，不光如此，汝還是怪人社的社長、風鈴表面上的情侶、吾的闇黑眷屬。」

聽見「闇黑眷屬」四字，我的嘴角略微抽搐。

桓紫音朝我額頭一彈，繼續說話。

「所以，晚上的奪回風鈴之戰，吾會派出汝……去挑戰B高中的小秀策。零點一，吾不管汝以什麼身分為出發點，不管汝用什麼心態去作戰……總之，汝必須替C高中、替怪人社……奪回風鈴。

「或許這樣說很自私，但是……如果汝失敗了，沒辦法奪回風鈴，任由風鈴在B高中遭人欺凌、受盡侮辱，吾會很失望……很失望。汝明白嗎？」

桓紫音的話語帶著磁性，蘊含著如誓言般的強烈說服力。

她的聲音傳入耳中，讓我心中某塊因為風鈴離去而崩壞、一片死寂的區域，漸漸注入活力。

那活力逐步蔓延到我的全身，如風暴、如浪湧般在胸口不斷盤旋，最後形成絕不能敗的堅決意志。

我望著桓紫音老師。

桓紫音老師則對我露出微笑。

最後。

「……我明白了。」

以最簡單的回答方式，我朝桓紫音老師做出承諾。

「我會帶回風鈴。我柳天雲保證……明天怪人社進行社團活動時，不會有任何人缺席。」

鄭重說完後，我轉身邁步，想要離開社團教室，去準備晚上與B高中的決戰。

然而，在我拉開社團教室的大門時，身後卻傳來桓紫音老師的聲音。

「或許……」

我腳步一頓。

沒有回過頭，以手掌拉著門沿，我靜靜等著桓紫音老師把話說完。

「吾剛剛說錯了一句話，零點一，汝的優點還是有一些的……」

她的話聲慢慢放低。

「或許……吾只是說或許……那個啊……汝畢竟也是個中二病破表的怪人，而且又很會寫作，呃……嗯哼……如果吾稍微年輕幾歲，說不定會覺得現在的汝……有點帥氣。」

「聽好了，只是說不定，大概像中樂透頭獎那樣的機率。」

……樂透頭獎嗎？

聽完桓紫音的傾訴，我沒有回過頭，也沒有產生任何接近喜悅或是驚訝的想法，聽了就是聽了。

邁步繼續前行，在拉上教室大門前，我正式給予桓紫音回答。

「我才沒有中二病。」

為了備戰，我去了圖書館一趟，在那邊遇見沁芷柔。

在擺滿輕小說的圖書館三樓、重重書架海的後方，有十幾張給學生用於自習的橡木桌椅，而沁芷柔獨自坐在正中間的位子上，默默練習著寫作。

在晶星人降臨後，圖書館就沒有管理員了，由於教學大樓一樓也設立了小型圖書室，平常很少有學生會來這裡取書。

如果要將所有作品都看過一遍的話，圖書館才是最好的選擇，只是大家平常懶得來圖書館而已，畢竟圖書館獨立成棟，從教學大樓走來這裡，要花上十五分鐘的時間。

沁芷柔手上的動作沒有絲毫生澀感，鋼筆在稿紙上不停舞動，似乎靈思泉湧，寫得十分順利。

她沒有穿著制服或和服，而是便服裝扮，充滿時尚感的窄裙搭配無袖上衣，乳溝微微露出。我看過相同的打扮——當初幻櫻的偷拍照片上，沁芷柔就是穿這樣逛街。

剛洗過澡的沐浴乳香味，從沁芷柔的方向飄來，鑽入我的鼻端。

我正要邁步朝沁芷柔走去，忽然想到某件事……於是遲疑地停下。

……等等。

輕小說家如果乍然轉換寫作環境，通常都會迎來一段時間的撞牆期、難以集中注意力，必須重新抓取筆感……但是眼前的沁芷柔，運筆如飛，顯然完全沒有這種困擾。

這種看似不經意的細微表現，在時常寫作的人看來，卻能輕易理解隱藏在背後的訊息。

那就是……沁芷柔顯然常常來圖書館進行寫作。

明明上完整天的課後，她都會露出疲憊的表情。

這樣子的沁芷柔，在經歷一整天的課程，菁英班教學、怪人社社團活動之後，她還是堅持來圖書館進行自我修煉……嗎？

透過書架之間的空隙，我窺視沁芷柔的側臉。

獨自一人、放下防備時的她，看起來有些憔悴。

比任何人都要倔強、不肯服輸……同時以高傲掩飾自己內心的脆弱，這就是真正的妳嗎……沁芷柔。

我正在思索時，膝蓋卻不慎碰到了書架，一本原本就被放得歪歪斜斜的書頓時從架上跌落，掉到地上碰出悶響。

那悶響其實相當輕微，但相對於空曠而靜謐的圖書館，卻比平常的鞭炮聲還要響亮。

「……」

糟糕。

喀嗶！這是沉重的橡木椅子被急速推開的聲音。

躂躂躂躂躂！這是有人在室內急速跑動的聲音。

沁芷柔像是在抓竊賊那樣，以類似棒球搶壘的奔跑煞車方式，出現在兩面書架形成的狹窄出口前，將目光投向我。

接著她俏臉一皺，露出「嗚噁」的表情。

那表情在我看起來，竟然有聲音。

「柳天雲，我沒想到你是這種人。」

她的語氣很鎮定，眼神卻帶著點同情與厭惡。

「啊？什麼？」

「從書架間的空隙，偷偷打量某位清純無辜可愛善良用功大度漂亮俏麗娟美曼妙可愛的美少女，肯定是想將她的身影牢牢記住，晚上躲在被子裡偷偷當配菜用吧！」

……好長的形容詞。還有妳可愛說了兩次。

不過依我對沁芷柔的理解，如果挑出「可愛說了兩次」這個毛病，沁芷柔肯定用會用無法置信、跟笨蛋說話的語氣說：「哈？本小姐這麼可愛，用雙倍可愛來形容也是很正常的吧？」

躲在書架後面偷窺人確實是我的不對……所以我開始動腦思考，打算化解對方的誤會。

對了……有一句話叫做伸手不打笑臉人，那句話的意思是說：展露善意的笑容，表達人與人之間的信任，這樣子對方就不會對你出手。

身為獨行俠，我不太懂得討好別人，不過只要真心誠意露出笑容，就算沁芷柔是個再怎麼嬌蠻的少女，也會明白我的心意吧。

我越想越有道理，暗暗對自己比出贊同的大拇指。

於是，我對沁芷柔露出一個大大的笑臉。

「嗚嗯……你的笑容好詭異，果然是想把本小姐拿來當晚上的配菜用吧？看你的表情，似乎打算一連用上三遍。」

像是感受到某種惡寒，穿著無袖上衣的沁芷柔抱住自己的雙臂，退後了好幾步。

我一呆，完全無法接受眼前的事實。

接著，從內心深處產生、無法抑止的叫喊聲從我的喉嚨衝出。

「把人與人之間的信任還給我！」

「那是什麼東西啊！別說一些莫名其妙的話！」沁芷柔也大聲喊了回來，音量甚至比我還高。

而我繼續解釋：「剛剛已經說了，那是人與人之間的信任！」

「所以說那到底是什麼東西啊!?」

「那是被妳殘酷破壞殆盡，碎落一地、深埋於人心的寶物！」

「我聽不懂、聽不懂、聽不懂！本小姐才沒有破壞那種東西！」

「胡說八道！妳明明破壞了、破壞了、破壞了！」

我們相對怒喊，像小孩子一樣不斷重複相同的詞彙，用力強調自己的立場。

最後我們終於喊累了，停下，氣呼呼地打量彼此。

沁芷柔哼了一聲，轉過頭去，柳眉蹙了起來。

「……不想理你這變態，我要回去了。」

沁芷柔回到剛才寫作的位子上，快速收拾桌上的私人物品，放進一個小提包裡，往電梯的方向走去。

我慢慢走向那些桌子，取代了沁芷柔曾經的寫作身影，在同一張橡木椅坐下。

過了一會，遠處傳來電梯開門的聲音，沁芷柔乘著電梯離開了。

我將一疊輕小說放在桌上，開始翻閱。

為了準備與B高中的決戰，我才特地跑來圖書館看書，有些資料必須來這裡尋找。

剛打開第一本輕小說，我的心裡卻驀然一動。

沁芷柔大老遠跑來這裡，這麼努力、不肯放棄任何用功機會的她……為什麼忽然離開了？

剛開始我以為是「生氣了」、「被偷窺」這些理由，但細細想來，我的思緒只停留在表層，實在太過膚淺。

平常的沁芷柔沒有這麼小氣。她會動怒，但怒氣來得快，去得也快。

以後知後覺的角度，我忽然明白沁芷柔離去的真正用意。

……大概，沁芷柔從桓紫音那邊得知我會代表C高中出戰，她想把這層樓讓給我專心準備比賽。

然而，她無法坦誠表達自己的心意，甚至連一聲加油都說不出口。

比誰都還要努力，同時在某些方面……也無比笨拙。哪怕將自身包裝成鬧彆扭的模樣，也不願吐露真實心聲。

我閉目。

「……」

沁芷柔嬌豔、充滿喜悅的笑臉，在我的眼前浮現。

她的臉頰在生氣鼓起時有點像倉鼠。

她哭泣的表情會讓所有旁觀者為之心碎。

我本來以為沁芷柔的喜怒溢於言表，是怪人社裡最好懂的一位，但現在我才發現……自己大錯特錯。

不以真實面貌與他人溝通，言不由衷地掩護心中的弱點——就像努力吐絲結繭、想要撐過蛹化期的蠶寶寶一樣，一旦失去那層薄薄的保護……或許沁芷柔才是怪人社裡最脆弱的一位。

甚至比風鈴還要脆弱。

同時我亦驀然醒覺——擅自進行評判、強加自身的觀點於他人身上……原來我是如此狡猾的人。透澈事情的本質後，自詡為獨行俠的我，跟曾經瞧不起的那些俗氣之人，是如此相似。

……對不起。

……還有謝謝。

懷抱著反省自身的懊悔，與對沁芷柔的濃厚感激，我打開一本輕小說，開始準備晚上與B高中的決戰。

晚上八點整，晶星人的宇宙船破開風雨，在教學大樓前的廣場降臨。

在桓紫音、沁芷柔還有少數人的送行目光中，我乘上宇宙船，迅速離開地面，往B高中的方向遠颺而去。

小秀策曾經連霸「這篇小說真厲害」專欄十一次，又能從怪物君的試煉中挺過，不管放在哪一所學校，恐怕都是菁英中的菁英。

他能擊敗風鈴，靠的是長久以來鍛鍊的寫作本領，雖然人品欠佳，那份強大卻是貨真價實。

——正因為如此，我更要保持冷靜，因為懷抱多餘的想法，無法戰勝真正的強敵。

唯有收斂心態，以最佳狀態去迎戰，才是通往勝利之道的不二法門。

我背靠著宇宙船船艙，心緒慢慢沉澱。

憤怒、激動、憎恨、不滿、怒火等情緒，逐漸離我遠去。

最後，當宇宙船停下時，我已經將風鈴被奪走的焦躁不安埋進意識深處，心湖一片平靜，不起半點漣漪。

然而，在那看似平靜的湖面下、幽暗不見天日之處，隱藏著名為渴望勝利的巨大怪獸，不斷潛伏……不斷探望，只等著破水而出的最佳瞬間，將敵人一口吞下。

經歷長途跋涉後，宇宙船停在B高中的校園中，在輕微搖動後，熄火了。

一名穿著籃球褲跟西裝外套的晶星人走近我，朝我招手。

「地球人，你可以下船了，準備開始比賽。」

「嗯。」我依言走下宇宙船。

B高中是一所歷史悠久的升學學校，力求傳統的校譽極為良好，比起其他學校，規範也更加嚴格。如果化為老鷹，從高空鳥瞰，可以看見B高中的校舍擺置呈現W字型。

我在很久以後才明白，那個W代表的是勝利──「Win」的字首。

颱風仍未過境，夜越來越深，墨染般的天色下，雨依舊下個不停，整所B高中彷彿被黑色的雨水給籠罩。那深沉的黑，會將心中的負擔在無形中放大，使得意念不堅的人產生懼意。

宇宙船自行落在B高中的操場上，這操場的中央是一片廣大的草皮。接著宇宙船撐開圓形的防護罩，遮蔽了風雨。

操場似乎離校舍有一段距離。而在那W字型的校舍群中，有大量人潮披著雨衣，如軍隊般結成方陣，正往操場緩緩推進。

那些是B高中的學生。

學生們踏在雨地上的腳步聲整齊劃一，如同全體化作一個龐大的巨人，重重踩下的每一步……都足以動搖大地。

隨著B高中眾人不斷接近，我粗略一數，至少有五百人前來。

超過五百名來者，雨衣帽簷下的一雙雙眼睛，帶著勝過雨水的冰寒，將視線一起投注在我的身上。

而小秀策就在人群最前方帶路，望著我的身影，他是唯一在笑的人。

──是你嗎？柳天雲。

在雨水的阻隔下，小秀策的表情看起來十分模糊……但自那大大咧開的陰森笑容中，我似乎能推斷出對方的心聲。

不久後，B高中眾人全數踏進防護罩的範圍內，站成嚴謹的正方形。

小秀策率先脫下雨衣，露出底下的白色制服跟紙扇，他將紙扇在頸上敲了敲，扭頭一鬆脖子。

「柳天雲，你果然來了。」

「嗯。」

我的回答很淡，也很輕。

「……」小秀策仔細望著我的臉，走動幾步，換個角度觀察我。

最後他以奇怪的語氣開口說話。

「你為什麼不生氣？照理來說，你應該很憤怒，因為你的戀人被鄙人奪走了。」

「啊，對了！鄙人有一個好消息要告訴你，聽完後……你的表情肯定很精彩，哈哈哈哈哈……雖然該死的『破鏡重圓護身符』讓鄙人沒辦法直接傷害那個女孩，不過，以鄙人的聰明才智，當然想出了解決之道。」

小秀策朝身後一揮手，那五百名學生結成的方陣立刻散開，露出正中心的部位。

風鈴的臉色無比蒼白，她沒有攜帶任何避雨用具，僅穿著單薄的制服跟迷你裙，渾身被雨淋得溼透。她以雙臂環抱自己，嘴唇凍得發紫，蹲在地上不斷發抖。

「如何？鄙人很厲害吧？我們已經實驗過，只要B高中有人起了傷害這女孩的念頭，她身上的護身符就會散出強光保護她，替她遮擋所有災難。」

小秀策把紙扇往防護罩外的風雨揮去。

「但是殘酷而又公平的大自然……是沒有自主想法的天然殺器。我們只要派人穿雨衣、結成方陣將她擠到風雨中，戶外張狂的颱風，就會替我們懲罰這小女孩，是不？

「我算算……從下午三點到現在，她淋了五個小時的冰雨，吹了五個小時的寒風，發了五個小時的抖……現在已經凍到幾乎失去意識，聽起來是不是很有趣？」

他一身白衣，連紙扇也是通白，薄薄的嘴唇卻扭出無比惡毒的笑意。

「柳天雲！聽好了，這一切都是你的錯！」他冷喝。

「鄙人料到C高中啟動了『破鏡重圓護身符』，晚上必定派你前來挑戰，想得知你最近的進展、筆風、短處等情報……只要這女孩肯告訴我們，我們就會讓她好好休息，進到室內遮風避雨，誰知道她堅持不肯說！

「這種冥頑不靈的傻瓜行為，換來的是五個小時的風雨侵襲。看見她手臂上的瘀青沒？那是她冷到倒下時，石頭碰出來的傷勢。」

似乎是對自己的計謀感到十分得意，小秀策放聲大笑，笑聲遠遠傳了出去。

「螻蟻就該有螻蟻的樣子，好好搖尾乞憐！只要她肯好好告訴我們你的情報，這一切都不會發生。柳天雲，你倒是說說，這不是你的錯……又是誰的錯！」

我靜靜聽著一切。

如果將我原本的心緒比喻成平靜的湖泊，此刻平滑如鏡的湖面上，已經略微冒起了幾顆氣泡。

那動靜，看似微小，卻是巨大浪潮來臨的前兆。

——因為那氣泡，源自於深藏在湖底泥沙下、將牙齒磨得鋒利的猙獰巨獸！

我的目光從人群中鑽過，望著蹲在地上的風鈴。

風鈴甚至不知道我來了，只是蹲著瑟瑟發抖，雙眼無神。她原先總是紅潤的小臉蛋，已經冷到發紫。

我緩緩轉過頭，看了帶我來B高中的晶星人一眼。

這次帶領我前來的晶星人，原本像看戲的觀眾那樣，在旁邊欣賞我跟小秀策的言語碰撞——當他發現我在看他後，乾咳一聲，從懷中摸出白色骰子，撒在地上形成骰子房間。

像是要掩飾剛剛的失態般，晶星人大聲開口。

「按照三、四名的決戰模式——本次於骰子房間內，舉行的依舊是『言靈幻真』之戰！」

晶星人手一揮，骰子房間的漩渦狀入口出現。

那漩渦狀的入口散發出藍色強光，表面還不時產生波動，看起來有點像波濤起伏的海平面。

「B高中代表上前！這次在『破鏡重圓護身符』的臨時規則下，你們只能派出一名代表選手！如果戰敗的話，不止六校排名要降低，而且必須返還所有奪來的學生！C高中代表也上前！」

宣布完規則後，晶星人手一指，示意我們可以進去裡面比賽。

「……」

我開始邁步，徐徐往入口走去。

而被我拋在身後的小秀策，忽然開口向我說話。

「等等，柳天雲，小秀策只是鄙人的筆名，為了決斷當年的宿怨，我認為有必要告訴你……鄙人的真名。」

我的腳步沒有絲毫停頓。

「聽仔細了，鄙人的真名是……」

半隻腳已經跨進入口，以不帶任何情感波動的語氣，我打斷了小秀策的自我介紹。

在身體被那漩渦傳送的瞬間，我的回答朝小秀策飄了過去。

「我柳天雲……沒有興趣得知敗者的名諱。」

第三話

獨行俠的禁咒詠唱

骰子房間內是一個如大型體育館般的室內空間，占地約五、六百坪，屋頂離地挑高超過三十公尺，四面牆壁全都是灰色。

這裡實在太過空曠，帶著空蕩蕩的冰涼感，若是單獨一人站在其中，孤寂與不安會油然而生。

然而……此刻我並不是單獨一人。

在傳送過程帶起的強光中，小秀策的身影在離我五十公尺外出現。他一出現先是打量周遭，接著朝我露出冷笑。

「你不是我的對手，柳天雲。」

「如果鄙人沒有猜錯，之前那紫髮雙馬尾的女孩……就是你們C高中排名第一的輕小說高手。雖然費了點功夫，不過在對決過程中，身為寫作者的她，依然被我如螻蟻般踏過、擊敗了。」

他笑得露出森白的牙齒。

「而排名在她之下的你……憑什麼與我一戰？」

「說完了嗎？」我淡淡開口。

「早在當年成為獨行俠的那刻起，我柳天雲的一切，就不需要同儕的認同……亦不需要任何人的認可。我會在這裡戰勝你，讓C高中取代B高中的地位，然後不斷往上挑戰，如此而已。」

小秀策一聽之下，臉上的笑意更濃了。

他嘿了一聲，轉過頭去，不再說話。

嗡——

就在我們兩人陷入沉默後，整座體育館裡響起奇怪的嗡鳴聲，那聲音不斷迴盪、不斷擴大——最後化為一道奇特的電子合成音。

電子合成音，是男聲。

「地球人，你們好。我是人工智慧七十一號——LB，很高興今天為你們這場比賽擔任裁判。」

「骰子房間內的時間流逝速度比較緩慢，與外界的比例為一百比一。也就是說……你們在骰子房間內的一百小時，只等於外界的一小時。你們擁有這裡一百小時的時間進行寫作。」

「由於B高中與C高中於六校中，分別排名三、四名，按照預設系統規則，本戰將採取『言靈幻真』模式。關於言靈幻真模式，以下為您做出講解——」

小秀策自顧自地用紙扇搧風，表情平常，似乎對言靈幻真的比賽方式極為熟悉。

而我是第一次聆聽「言靈幻真」之戰的規則，所以全神貫注在聽力上。

人工智慧七十一號LB稍微一停後，繼續說下去。

「——輕小說是由文字所構成，而人類自古相傳，出口的文字會被神靈轉化為規則，使言語具有力量，此謂言靈。

「在本次『言靈幻真』之戰中，雙方選手只能以口頭描述的方式撰寫輕小說，出口的文字會被自動紀錄下來，選手無法悔改修稿，亦無法查看之前寫了些什麼，必須一氣呵成地將作品完成。

「而雙方所描述的故事，亦會化為帶有力量的『言靈』，在對手意識中幻現，製造強烈的干擾。言靈產生的幻象不一定跟故事內容有關，但作品越是優秀，言靈的攻擊力就越強。」

人工智慧七十一號頓了頓，「也就是說，你們必須以口頭敘述進行寫作，並且抵禦敵人『言靈』製造出的輕小說幻象，在未知的險惡下保持平靜，努力提高作品水準。」

「除了以言靈攻擊對手的意識外，禁止用其餘形式妨礙對手。本次決戰滿分為一百分，高分者勝。若是受敵人的言靈攻擊導致心靈崩潰、超過十分鐘沒有進行寫作，也立刻判敗。

「請靜心準備，比賽將於稍後開始。」

人工智慧七十一號的解釋終了。

而我聽完後，忍不住嚇了一跳。

——這是什麼規則！

即使早已料到「言靈幻真」之戰必定與之前的比賽不同，但我的內心還是大為震動。

只能用口頭描述來撰寫輕小說，沒有修改的機會，而且出口的故事會化為「言靈」襲擊對手的意識。

由於幻象直接在意識深處出現，所以對於心靈脆弱者來說，非常容易受到影響，必須承擔巨大的壓力進行寫作——甚至被幻象壓得崩潰，在比賽中提早敗北。

想到這裡，劇烈的酸楚感忽然自胸口湧上。

風鈴很膽小，是怪人社裡最膽小的成員。

——然而這樣的風鈴，哪怕心靈被幻象傷得遍體鱗傷，也在比賽中苦苦支撐，到了最後一刻，甚至燃燒自身進襲，就是為了將勝利帶回C高中……完成與我們的承諾。

「柳天雲，你明白了嗎？」小秀策朝我一抬下巴，態度傲然。

「善於圍棋者，記憶力都很好，高深的棋手在完局時，甚至能從第一手開始進行復局——也就是說，言靈幻真之戰是鄙人的強項。

「而鄙人製造出的幻象，也非常逼真。當初那女孩在比賽開始十分鐘後就快要堅持不住，身軀不斷發抖，一看就是膽小無能的廢物。但是這樣子的廢物，竟然不肯投降，即使一次次在幻象下心靈險些崩潰，她也不肯認輸，不斷進行垂死掙扎。

「你知道嗎？她一次又一次快要支撐不住時，口中喃喃默念的不是輕小說相關的詞彙……鄙人剛開始聽不清楚，最後終於讀脣語看懂了——那是『前輩』這兩個字。」

小秀策吐了一口痰在地上。

「呸，令人作嘔！垃圾就該像垃圾那樣，乖乖被打倒，敗北後被踢進陰暗的角落焚燒！」

我沒有望向小秀策，已經徹底做好備戰的前奏。

現在，我正體悟著某種奇妙的感受。

……帶著深沉的憤怒，卻又能清晰地思考，這種感覺，前所未有。

彷彿將怒氣化為寫作的力量，將多餘的雜念堆積成戰勝敵人的動力——在這情緒累積到極致後，我忍不住笑了。

一直以來壓抑著的笑聲，終於傾瀉而出。

「哈哈哈哈哈……哈哈哈哈哈哈哈哈哈哈……」

我按著臉仰天大笑。

之前在宇宙船上，我曾經努力將思緒淨空，但在這一刻，我驀然發現……忠於自己、將柳天雲真正的樣子釋放出來，這才是我的最強型態。

「哈哈哈哈哈哈哈哈哈哈哈哈哈哈哈哈哈……」

——撰寫輕小說來欺凌比自己弱小的人，這就是你嗎？小秀策！

——為了踐踏他人而產生的實力，有違本心，那絕不是真正的強！

在大笑的同時，我感覺到身心變得輕盈，彷彿長久以來捆綁著我的隱形鎖鏈被剪斷一截那般。

透過戟張的五指指縫，我看向小秀策。

「你剛剛……猜對了，風鈴確實是我們校排行第一的輕小說高手，她平常的表現一向比我好，然而……我柳天雲會擠出所有的力量，在這裡狠狠打倒你，讓你嘗嘗被人踐踏的滋味。

「如果現階段的實力不夠，我會搜索枯腸，拚盡一切，取回巔峰時期的水準；如果回到巔峰時期也不夠，就算以燃燒寫作才華做為代價也無妨，我會毅然決然地產生進化、進化、進化——強到你難以仰望的地步！」

我眼眸微瞇。

「最終，我將以我的本心……以我的寫作之道，徹底對你進行碾壓！」

小秀策的臉色陰沉，正要回話，人工智慧七十一號的聲音隆隆響蕩在整間體育館內，將他的話聲徹底淹沒。

「本次言靈幻真之戰的輕小說題目不限，總字數不得低於六萬字，需於一百小時內完成。地球人哦，我LB在此宣告，言靈幻真之戰——正式展開！」

在LB的話聲消散的瞬間，四周的光源就像被黑洞盡數抽取般，室內變得無比黑暗，伸手不見五指，眼中看不到半點亮光。

原本不算太寬闊的體育館，在黑暗中彷彿無邊無際，每一步邁出都失去距離感，讓人心中惴惴不安。

我遲疑片刻，這時在我不遠處，小秀策原本的位置，忽然亮起一團白光。

那白光無法及遠，僅環繞在小秀策周圍，讓我能看清他的樣子，卻無法窺見室內其餘地方。

小秀策閉起雙目，專注地念著什麼，那聲音就像隔著重重吸音海綿般模糊，讓我無法聽見確切的內容。

——他在撰寫輕小說了，速度好快！

隨著小秀策展開行動，我低頭開始思索自己該寫些什麼。

我的身邊也亮起類似的光芒，將我包裹在其中。

……題目不限，可以自由發揮。

我在心裡打好草稿，正要開始念誦時，眼前景色卻突然一變。

——竟然來得這麼快嗎，小秀策的幻象攻擊！

那是一種很奇妙的感受，我的意識似乎被硬是分成兩塊，其中一塊可以維持自己的思考，另外一塊則生生擠入這些幻象，讓我無法忽視。

在那幻象的影響下，我眼中的周遭環境不再是靜謐的黑暗體育館，而是空曠到……令人有些茫然的荒野。這片荒野上滿是半枯萎的雜草，土質呈現鐵青色，連半隻動物也看不見。

這片除了荒涼之外一無所有的荒野上，唯一特殊的地方，就是大地上布滿了陳舊、長短不一的坑洞。那些坑洞彷彿是恐怖的巨力硬生生造成，又似有兩個強到誇張的怪物曾在此進行生死決戰……常人根本無法想像，這裡曾經發生過什麼事。

置身於這片荒野的瞬間，一些訊息流進了腦海，讓我知曉這個世界的部分情報。

「這個世界名為亞力寶斯……是隨時可能出現魔物、動盪不安的黑暗世界。在亞力寶斯中，甚至常常出現魔王級別的強大魔物……」

像是在回憶那樣，我低聲念出自己得知的訊息。

看了看周遭，我隱隱感到熟悉。

「而這片什麼也沒有的荒野，被稱為『魔之域』。不知為何，這片土地每隔幾年就會誕生強大的魔物……甚至是魔王。就在三年前，曾經是人類的魔王洛洛特，藉由強大的魔念與憎恨，在這片荒野上由人類徹底轉化為魔物……但也在成為魔王的幾天後，被蘭特國派出的勇者所斬殺……」

回憶到這裡，我彎下腰，以右手掬起一捧泥土。

我只能用右手，因為在幻象中的我……缺了一隻左手。

「我是誰？為什麼我會斷了一隻左手？為什麼我會出現在這裡？」我感到頭腦有些發脹。

我漸漸忘了自己是柳天雲，開始仔細打量幻象中的自己。

……一具飽經風霜的粗壯身體。

……一襲陳舊到褪色、布滿裂痕的皮甲。

……一雙補丁數不清的鹿皮鞋。

……一把坑坑凹凹、不再鋒銳的等身重劍。

在打量完自己後，荒野忽然震動了。

一片滾滾塵煙在荒野的遠處冒起，形成了遮天塵暴──那很明顯是大隊人馬趕路疾馳的蹤跡。

在看見那股塵煙的剎那，幻象中的我忽然低聲地笑了。

笑得悲愴，笑得淒涼。

在笑的同時，無止盡的恨意與魔念，自我全身上下每一個毛細孔蒸騰而起，將我徹底包覆，形成一顆巨大的黑球。

身處黑球的掩蓋中，我眼中望出的世界，也只剩下象徵死寂、無比單調的黑。

「我想起來了……我叫做阿古斯，是蘭特國的子民，昔日曾被稱為王國首席勇者，雙手大劍使得出神入化，一劍斬出……可謂無堅不摧，所過之處無人敢阻……

「在三年前，我阿古斯斬殺了魔王洛洛特……回國後，我卻在慶功宴上遭人下藥迷昏，醒來後，我被關在牢裡，左手被斬去，讓我再也無法使用雙手大劍……廢去我一身功夫。

「我僥倖逃出監牢，過了很久我才明白：能擊敗魔王的強大人類，也意味著可以僅靠一人之力殺進王宮……斬掉那位昏庸膽怯的國王。所以在除去魔王之後，強大到超乎常人的勇者……也失去存在的必要，不如說，必須除去。」

幾乎被仇恨沖昏腦袋的我，在全身的魔念到達最高峰的那一刻，忽然又明白了一件事。

……為什麼三年前，在這片草原上，洛洛特會如此怨氣沖天，從人類轉化成魔王？

……一般人類即使魔化也只是普通魔物，是什麼樣的人──才有從人類直接轉化為魔王的資格？

「哈哈哈哈哈……哈哈哈哈哈哈哈哈哈……我明白了……我明白了！這片魔之域的祕密……這個世界的祕密！」

在那笑聲中，被包裹在無邊黑氣中的我，流下兩道長長的黑淚。

「洛洛特就是前任勇者……他斬殺了前一位出現的魔王……或許洛洛特不是出身自蘭特國，但腐敗的封建制度下，不允許超越群體的強者存在──這是必然的事。他肯定也是在斬殺掉前任魔王後，遭人覬覦……或許也是遭到處刑、剝奪武力，最後淪落到這裡，成為自己昔日曾斬殺的魔王……

「三年前我斬掉了洛洛特……而在今天，我亦踏上洛洛特的後塵，要在此地化為魔王，等著下一位勇者來斬殺我……哈哈哈哈哈……哈哈哈哈哈哈……」

在絕望至極點的笑聲中，能將人轉化為魔王的黑氣眼看就要爆發，淡淡的黑霧已經籠罩整片荒野。

一邊笑，我的眼淚卻止不住。

然後繼續笑，繼續大笑。

「魔王……勇者……勇者……魔王……原來所謂的魔王跟勇者，全部都是同一批人——世上還有比這更好笑的事嗎？哈哈哈哈……哈哈哈哈……

「愚昧的凡人哦，如果這是你們的抉擇，我阿古斯……從此，就是魔王！我不會被人殺死，而是會一路殺回蘭特國，殺個血流成河，將一切的怨念與委屈……盡數奉還！」

隨著我的話聲遠遠傳出……

黑氣，徹底爆發——

我自幻象中勉強清醒。

就算闔上眼皮，那些在荒野上正朝我低吼撲來、蘭特國的士兵們，也依舊鮮明無比。

好強的幻象。

好深的意境。

我險些無法自小秀策的幻象中脫離，在阿古斯即將覆滅那些士兵的時候，我才終於鼓起絕大的意志力，將那些幻象趕出腦海。

「……糟糕，原本想好要寫的東西，有點忘了。」

稍早構想好的輕小說草稿，在剛剛的幻象干擾之下，已經忘了大半。

我還沒緩過氣，腦海中卻又漸漸浮現出新的幻象。

——面對這種情況，到底要怎麼去寫？

——這就像下棋，步步爭先，經驗豐富的小秀策此刻已經搶到先手，不斷發起進攻。我節節敗退，只能被動挨打！

我調勻呼吸。

在經過五分鐘的適應後，我終於能做到忍受那些幻象，並開口道出了第一行小說內文。

我所構想的輕小說故事，名為《千本魔女》。

內容是說，在某個世界裡……彼此分隔無數距離的一千個魔法世界，正在邁向衰亡。

在事情發生前，沒有人能夠料到，這衰亡，將會帶來何等殘酷的戰場。

「……」

一千名少女匯集於廣場上，她們穿著五顏六色的連身法袍，並以兜帽遮蔽臉孔，就像遠古宗教聖潔的神女那樣，連一絲肌膚也不肯外露。

整座廣場被巨大的紫色光幕所籠罩，一千名少女零零散散而站，對眼前的奇異景象不發一語。

這些少女全都只有十五歲。

十五歲，正值謳歌青春的大好年華，她們藏在袍帽下的臉頰，卻透出死一般的灰白。

此時，廣場中的高處響起一陣「嘶嘶」的詭異聲音。

隨著那聲音越發清晰，廣場的高空忽然幻現出一張巨大的虛無面孔，那臉孔幾乎一片空白，缺了眉毛、鼻子、嘴巴等象徵性的五官，唯獨一雙深邃的紫色魔眼，朝底下的少女們投以毫無情感的目光。

「來自一千個不同世界的魔法師哦……來吧……來到我這裡……」

虛幻面孔的聲音沙啞而有磁性，帶著誘惑人心的力量，足以蠱惑絕大多數意志不堅的人。

「斷殺到剩下最後一人……來到我這裡……晉取魔法之皇……拯救妳們的世界……」

被稱為「魔法師」，底下的一千名少女沒有任何人開口駁斥——

但她們身周的氣場，在隱約中帶上幾絲肅殺。

見到這情況，高空中的詭異面孔像是極為滿意，輕輕笑了一聲，以危險而輕柔的嗓音繼續說話。

「很好……那麼，讓我們先來說明遊戲規則……

「於那無垠的時光長河……無遠弗屆的千億萬個世界中……妳們每個人都來自某個即將崩潰的魔法世界，在與我眾魔之王貝納德斯利多進行交換條件後……來到了這裡……

「只要妳們有人能夠擊敗其他所有魔法師，晉升『魔法之皇』……贏取我貝納德斯利多的好感……我就會修復魔法之皇即將崩潰的家鄉，並保有她身處世界的萬年平安……

「一千個不同的魔法世界，每個世界當然有強有弱。在妳們當中，存有A、B、C、D、E級各強度的魔法師，甚至有少數S級強度的魔法師存在……在我所創造、開闊的貝納德斯利多島上……來自異世界的妳們，將遭到世界之心的強烈排斥，魔力會迅速消滅，最終連生命力都會消逝殆盡。只有A級以上、能替自身設立『封魔之印』的魔法師才能倖免於難……」

詭異面孔冷冷一笑，「當然，聽到這裡，妳們心裡或許會想：這場遊戲一點也不有趣，A級以上的魔法師囊括了所有勝算。對於這點，我必須說，我眾魔之王——貝納德斯利多是個公平的主辦人。

「我會徵召一千名締約者……來到妳們身邊。這一千名締約者，是我自一千個不同的世界隨機抽取……只要與其簽訂初級契約，弱小魔法師的魔力就不會自然削減……還可以用某種方式自締約者身上獲得補充。

「這些締約者，他們或許是身經百戰的勇士，可能是足以斬山劈海的強者，也說不定是只知伏桌辦公的普通人……連我貝納德斯利多也不知道會抽取到哪些人。這是我，偉大的眾魔之王，給予弱小魔法師的一絲希望……記住，敗者將墮落於世……然後再次輪迴……

「遊戲規則說完了，那麼——我貝納德斯利多於此刻宣布……眾魔之戰，正式展開！」

高空中，貝納德斯利多的面孔消散了。

取而代之的，是一座虛幻的沙漏浮現在半空中。沙漏出現後開始倒轉，讓上半部的紫色沙子慢漫流到底層。

「……」

許多魔法師抬頭望著那沙漏，陷入沉默。只是籠罩一千名魔法師的紫色光幕，仍持續覆蓋著整座廣場。

那紫色光幕是貝納德斯利設下的SSS級魔法——九封禁魔陣，可以封印SSS級以下所有物種的魔力，迫使這些魔法師無法馬上交戰。

——在沙漏流完的一瞬間，或許九封禁魔陣就會被解開吧？

——那時候，所有人將徹底陷入白熱化的死戰中。

在壓抑且致命的緘默中，許多魔法師想到這一點，小小的手掌紛紛緊握成拳。

眼看紫色沙漏流完一半，此時廣場上異變突生，一道道白光閃現，一個個年輕男女出現在廣場上。

陌生來客，共一千人。大多數來客身上都是奇裝異服，有些人手持法杖，有些人背上繫著等身重劍，有些人穿著精光閃閃的鎧甲。

沒有魔法師愚笨到開口詢問這些人是誰。

——一千名締約者。

而這一千名締約者似乎早已得知貝納德斯利多的遊戲規則，他們走到那些魔法師面前，展露自己的力量或知識，很快就有人達成共識，組成魔法師與締約者的拍檔。

而那些足以抵抗世界的排斥之力，不欲與締約者簽訂契約，有信心靠著一己之力取勝的優秀魔法師，則是沉默地退到廣場的邊緣處，將中心點讓給大多數人。

亦有少數散發強者氣場，看起來實力高超的締約者，冷靜地觀察周遭，不屑於與任何魔法師簽訂契約。

在虛幻沙漏幾乎流盡，剩下不到原先十分之一的存量時，幾百對拍檔已然成形，這些拍檔兩兩而站，低聲商議著某些事情。

眼看……幾乎已經沒有魔法師在尋找締約者。

也沒有締約者再缺乏同伴。

就在此時，一名從頭到尾都在尋找締約者的魔法師，嬌怯怯地敲了敲一名兩百多公分高的重劍戰士的腿部鎧甲。

重劍戰士一開始沒有發現那名魔法師的存在，因為她實在太嬌小——用「迷你」

來描述或許會更加貼切。

以該魔法師不及一百四十公分的身高，站起來只及重劍戰士的大腿處。

重劍戰士聽到腿部鎧甲被敲響，冷冷低頭，望向那魔法師。

魔法師將袍帽稍微拉開，露出帶著濃濃稚氣的小臉蛋。她的肌膚白嫩如雪，一雙眉毛細細彎彎，大眼如星月般閃耀……雖然身段還未完全長成，不過已經可以看出，這少女未來必定是個美人。

「那、那個，締約者大人，可以請您跟莉莉絲簽訂契約嗎？」

自稱莉莉絲的魔法師，今天在廣場上已經問出超過一百次同樣的句子。但她出口的句子，誠意並沒有因為次數頻繁而削減，每一次問話都相當誠懇，無比恭敬而謙遜。

在重劍戰士看起來，腳下的魔法師跟幼童沒有兩樣，不過他知道魔法師的實力跟身形不成正比，於是先開口發問。

「妳是什麼級別的魔法師？」

「那、那個……」

「說，不然我不會同意。我可是三級重劍戰士，相當於妳們魔法師中的C級水準，近身戰鬥的話，連B級魔法師都能砍倒。」

當然不會有輕易讓戰士近身的魔法師。魔法師有太多防護自己的手段，除非黔驢技窮，或是戰士採用偷襲的手段，否則戰士根本別想沾到魔法師的邊。

不過，戰士所說的是事實。

如果將範圍侷限在狹窄的室內，戰士有很大的機率可以快速迫近，用戰士技能狠狠摺倒同級的魔法師。

「那、那個……莉莉絲……」莉莉絲的話聲越來越低，「……莉莉絲……是E級的魔法師……」

重劍戰士一聽，眼睛頓時瞪大。

「啊？E級？E級的魔法師也妄想跟本大爺成為夥伴？妳這小鬼腦袋被火球術給燒壞了吧！走開走開，本大爺才沒有時間浪費在妳身上！」

明白眼前的少女只有E級，重劍戰士不單自稱詞換成了「本大爺」，還彷彿驅趕蚊蟲般，朝莉莉絲揮了揮大手，充分表達他的輕視。

莉莉絲被戰士的大嗓門給嚇到，怯怯地退後幾步，轉身打算去另尋目標。

——要快……

——快點找到締約者大人，不然按照貝納德斯利多大人的規則，E級魔女沒有締約的話，會自然消散的……

在人類世界裡，有許多童話都註明魔法世界的美好。

在這個擁有締約者與一千名魔法師的廣場上……於九封禁魔陣的紫色光暈中，各色法袍閃閃發光，四周也夢幻得宛如童話故事。

但是，人們很少會去思考童話故事背後的意義。

故事之所以為故事，就是為了完成現實中無法得償的宿願，將幻想編織成理想的型態，從而讓眾人沉浸於遙不可及的祈願中。

然而，當故事越是美好，祈願越是龐大，在遭到名為現實的尖刀戳破後，將會迎來從雲端上墜落的強烈絕望──

──偏偏於絕望之後，人們才會願意睜開眼睛，好好看清真相的殘酷。

魔法其實能夠用來燒殺擄掠。

法術用於戰爭可以稱王稱霸。

強者為尊，敗者將灰飛煙滅。

──這才是那億億萬萬魔法世界裡，眾魔法師所認同的「事實」！

「那個，締約者大人，拜託您……」

莉莉絲內心焦急，但就在她往下一個人邁進時，沙漏裡的紫色沙子流盡了。

在沙子流盡的那一瞬間，九封禁魔陣如同玻璃碎裂般發出清脆的響聲，紫色光罩快速消逝，就像從來都不存在那樣，連一絲光影都沒有殘存。

而將代表九封禁魔陣的紫取而代之的──是同時於數百名魔法師少女身上亮起、五顏六色的魔法之光。

「風之精靈約德哦，請將您的力量賜予渺小而卑微的子民──以風化形，以咒破禁，風湧術，起！」

許多魔法師詠唱著節奏怪異的咒語，帶著締約者飛上高空。

而一名穿著火紅法師袍，連長髮也如火焰般鮮豔的少女，孤身一人飛到兩百公尺的高空處，放聲大笑。

她的長相非常端正，也就是所謂的美少女，但是此刻那帶著滿滿惡意的表情，破壞了她五官的美感。

「笨——蛋！帶著蠢重的締約者，風之精靈不是都要被拖垮了嗎？嘎哈哈哈哈哈哈哈——我火蓮是最強的——我會拯救我的世界，晉升魔法之皇，凱旋而歸！」

飛到高空後，火蓮看清自己身處的地方是一座無邊無際的森林，而剛剛眾人待著的廣場，其實是一個畫著奇異刻紋的龐大祭壇。

這座島嶼究竟有多麼遼闊——我都飛得這麼高了，還看不到島嶼的盡頭。

自稱火蓮的魔法師少女藏起心中的驚訝，一邊尖聲大笑，一邊朝下方伸出小小的手掌。她將手掌豎起，對準那些正在往上飛起的魔法師與締約者，還有無數待在地上的敵人。

她的表情專注到微微扭曲。

隨著她口中喃喃念誦的咒語，巨大無比的六芒星圖騰浮現在她的面前，那六芒星上面以鮮紅的字體寫著無數艱澀難懂的古文字。

「安呵烏漆駬郣肱歘火炎焱燚……以吾火蓮之名，浩瀚魔力為本，開啟火之分界大門，召喚汝自狂焰煉獄降臨！降臨吧，消滅眼前的敵人——

「流星火雨！」

彷彿沾染了來自地獄的惡火，無數熊熊燃燒中的隕石，自火蓮召喚的六芒星法陣中衝出，狠狠砸向地面上的所有敵人。

在開戰的起初，她竟然就一口氣施展大範圍攻擊魔法，將所有魔法師列為下手目標。

這確實是效率最高的手段，因為當所有魔法師在廣大的島上散開，有些會找地方躲起來，有些擁有隱藏氣息的能力，就很難一次除掉多名魔法師。

也就是說——在九封禁魔陣剛碎裂的剎那，或許就是這場戰役裡唯一的、超過百人以上的匯集時機。

正因為瞭解時機稍縱即逝，看似莽撞的A級魔法師火蓮，才一舉飛上高空，以強力魔法對所有人展開攻擊！

照我的預想，接下來莉莉絲會在流星火雨帶來的亂戰中，被名為曲的青年救出。

曲是一名武技精湛的高手，他的強大並非來自鬥氣或粗壯過人的體格，而是源於長年在深山中修行。他將空手道、柔術、泰拳、兵器等項目練得無比嫻熟，赤手能破石，一擊可驚天，可謂是立於武術界頂點的達人。

生平志向為扶助弱者的曲，後來與莉莉絲簽訂了契約，無用魔女與武術達人展開了為期一年的闖蕩，對抗其餘來自異世界的超級強者。

「……」

口頭撰寫輕小說到這邊，我抽空向小秀策那邊看去。

小秀策似乎很焦躁，咬著手指甲，考慮著下一句內容要怎麼撰寫。

就在我注視他的同時，像是想通了關鍵劇情、豁然開朗那樣，小秀策突然露出喜悅的表情，抬頭向天不斷念誦輕小說的字句，徹底沉浸在寫作的世界中。

——他難道頓悟了什麼嗎？

我微微一驚，趕緊將注意力拉回輕小說上。

「曲看見莉莉絲滿身塵土的模樣，忍不住笑了。莉莉絲眨了眨眼，露出帶著困惑的笑容：『締約者大人，請問您為什麼笑呢？』」

「……!?」

我剛說出了女主角莉莉絲的臺詞，卻發現……無法繼續開口撰寫輕小說了。

更精確地來說——是被某種東西給禁錮、導致無法開口！

小秀策的周身氣勢猛然暴漲，自他的方向傳來強烈的氣勢波動，那波動無比凜冽，帶著浩蕩的死亡壓力，刺得人背脊發寒。

——柳天雲，你輸定了！

自那氣勢波動中，我竟然聽見了小秀策的心聲。

那心聲充滿邪氣。

就在我想做出反擊時……腦中被硬生生分為兩塊的意識，受小秀策的幻象影響的那一部分，驀然張開大口往另一塊寫作意識吞去，樣態無比猙獰！

就在寫作意識被小秀策的幻象意識吞噬了大半的瞬間——

——我眼前原本看見、已經習慣的幻覺，在刺目、虛幻白光的覆蓋中，也隨之劇烈轉變。

在黑暗中，我看見了當年的自己。

看外表，那個我……大概是國中三年級左右。

如果將黑暗比喻為舞臺，此刻舞臺上已經打上強烈的聚光燈。當年的我處於聚光燈的光束下，低著頭，手中捏著晨曦所寫的紙條。

那紙條被我一次又一次地打開觀看，已經滿是皺褶……但上面娟秀的字跡依舊清晰可見。

好多年過去了，在比賽中，你成長得好快。

不過……我看得出來，你的文章漸漸充滿了匠氣，變得俗氣，變得……為贏而寫，而不是為了自己而寫。

這樣的你……不夠真實，不是真正的你。

不討好評審、不迎合他人，希望下一次，你能為了自己而寫……為了本心而戰。

明年，我等你。

當年的我不擇手段……以市儈、匠氣的文章來討好評審，戰勝了晨曦。

或許是因為這樣，對於我而言，不但是勁敵，同時也是知己的晨曦……就此消失。

那之後……懷抱著無比悔恨，我墮入絕望的深淵中。是我害的。

我讓晨曦……失望了。

不然她沒有封筆隱退的理由。

聚光燈下，當年的我以手蓋住臉……那動作，很像平常大笑前的姿勢。

然而……兩道清淚，卻順著指縫流出。

我愣愣地望著聚光燈下的我，在我的打量中，當年的我慢慢放下手掌……轉過身來。

「柳天雲……你這個膽小鬼……你之所以常常大笑，不正是為了以笑容藏起心中的軟弱嗎？

「而晨曦消失後，你緊接著封筆……這說明了什麼，你難道不明白？這說明你感到畏懼。你畏懼……如果晨曦復出了，看到現在的你，會感到無比失望，就此掉頭離去……所以你學會目空一切，選擇自欺欺人……」

當年的我，嘴角漸漸扭出笑意。

「晨曦究竟是誰，你真的猜不出來嗎？不……不是的，她就在C高中……或許離你很近……很近……只是你的潛意識封阻探求真相的道路……你非常害怕，即使再努力，也沒有辦法到達象徵希望的彼端，因為你本質上就是個俗氣的寫手，與晨曦註定是無法並肩而立的兩類人。

「你們就像英文字母的X那樣，是兩條只有瞬間交集的直線，在錯過後，只會距離彼此越來越遠……即使相見，也就代表了……有一人離開了原先的道路，放棄了本來的自己。」

當年的我，越笑越是開心，最後他開始放聲大笑。

「柳天雲，你真的不明白嗎？哈哈哈哈哈哈……哈哈哈哈哈哈哈哈哈哈哈哈哈哈……」

那笑聲像被旋動音量按鈕的播音器那樣，不斷擴大、迴盪，笑得我心頭震動。

我試圖按住耳朵，但那笑聲卻直接在我的腦海裡響起，讓人毛骨悚然。

晨曦……風鈴……幻櫻……沁芷柔……許許多多的訊息掠過，使我感到意識混亂。

過去兩年寫作空窗期堆積而起的煩悶，在這一刻亦化為無比的苦意，在在衝擊著我的心靈堤防。

這……

「這到底是小秀策製造出來的幻覺……還是來自我內心深處的反饋……我柳天雲……到底是一個什麼樣的人……想寫什麼樣的文章……

「我真的……想找到晨曦嗎……還是說……我只是想藉著這件事……讓自己能走出當年的陰影……」

在濃濃的困惑之餘，緊接著湧進腦海的是……無比的茫然。

好似一個苦修多年的虔誠教徒，某天忽然發現自己信仰的神明根本不存在那樣，那是信念幾乎被連根拔起的重大變故。

然而。

然而……

然而——

就在我全部的意識，即將被種種負面情緒組成的複雜給淹沒的瞬間——風鈴在肆虐的風雨中，遭寒受凍的嬌弱身影，在意識的角落……悄悄浮現。

那身影單薄，卻也無比清晰。

「是了……我柳天雲，不能敗在這裡……我得擊敗小秀策，救回風鈴！」

危急關頭，我用力一咬舌尖，藉著劇痛想讓自己清醒。

隨著鮮血的味道擴散至整張嘴巴，小秀策所幻化而成、正侵蝕著我的大塊敵方意識，被我自身的寫作意識給用力擠開，重新爭回屬於自己的生存空間！

而悄然立於舞臺，那個當年的我，則對我露出淡淡的微笑。

他的笑容裡，帶著不似作偽的嘲弄之意。

我捏緊拳頭，在心裡朝著他大吼。

「滾出我的意識！晨曦的事，在見到她本人的瞬間，一切自然會明朗化！不要妄想左右我柳天雲的想法，即使你真的是過去的我……那也不行！

「過往已逝，當下尚存。像亡魂般置身事外，然後擅自評價……如此卑劣，這究竟又算什麼！再者，你想指責我失去本心，難道你現在的行徑……又踏在本心之道上了嗎！所以，過去的我，不要阻斷我的步履，否則我柳天雲……將連你一起踏過，重返寫作巔峰！」

過去的我，靜靜地聽完我的話，沉默半晌。

他的目光彷彿穿越兩年的封筆時光，充滿了過去的陳舊感。

最後，他笑了。

「哈哈哈哈哈哈……哈哈哈哈哈哈哈哈哈……」

我無法理解他為什麼這樣笑，但在我們兩人的對視中，他的身影一陣搖晃，漸漸變得模糊，最後消失了。

那彷彿帶著深意的笑聲，卻餘音不絕，如烙印般刻在我的記憶中。

當年的我……消失了。

我眼前的一切幻覺，也隨之消失。

小秀策依舊在進行口頭寫作，距離剛剛幻象出現到我解除幻象，似乎只過了不到一分鐘。

為了擊敗小秀策，我繼續進行寫作。

「……」

在那之後，武術家曲與魔法師莉莉絲，展開了島上的冒險。

曲的武技雖然無比高強，達到人類的巔峰，但他的對手不是普通人類，在歷經漫長的游擊戰後，最終還是敗給了某位S級魔女。

在那一戰中，曲遭到對方的魔法重傷，最後為了掩護莉莉絲，死在一處陰暗的山洞中。

那位S級魔女以為莉莉絲已死，在空中盤旋片刻後，飛速遠去。

莉莉絲抱著曲，撫摸他滿是傷痕與血汙的臉龐，落下了眼淚。

「曲先生，對不起……對不起……莉莉絲……是個沒有用的魔法師。由於莉莉絲太過弱小，在戰鬥中一點忙也幫不上……始終仰賴曲先生來戰鬥，一次次被曲先生所拯救……」

莉莉絲的聲音有些哽咽。

她的眼神，卻漸漸變得堅定。

「但……但現在不一樣了，莉莉絲……可以幫上曲先生的忙……雖然我只是個E級魔法師，可我們藍冥族的種族天賦……可以用生命做為代價，強行施展出S級魔法『天使甦生』來拯救曲先生。」

最終，莉莉絲施展了「天使甦生」，拯救了曲。她的靈魂、肉體、精神、衣物乃至一切，都被轉化為魔法能量，在世間煙消雲散。

「……」

之後過了許久，在山洞中朦朧甦醒的曲，醒來後，下意識地伸手撈向身旁，他以為莉莉絲會睡在自己的身邊。

但真正睜開眼後……空蕩蕩的山洞，無聲地給予他殘忍的答案。

不知道發生什麼事的曲，以為莉莉絲與自己失散，於是踏上了尋找莉莉絲的旅程。

在又一次的激戰中，明白自己的力量不夠充足的曲……為了前往強敵環伺的內島，決定與貝納德斯利做出交易，以犧牲壽命做為代價，換取能短暫化身為雷電的力量「九霄雷天」。

E級……D級……C級……B級……曲不斷往上挑戰，戰勝越來越多的強敵，並且探聽莉莉絲的消息，但始終不清楚……當初那個可愛的小女孩，究竟去了哪裡。

千名魔法師之戰後，已經過了三個月。

這時候的曲，已經相當熟練「九霄雷天」的強大力量，但壽命削減也極為嚴重，原本是個青年的他，現在外貌看起來已經像個中年人。

為了探求真相，於內島深處又一次的戰鬥中，曲遭遇了實力相當於A級魔女的上級重甲戰士。

同樣身為締約者，雙方的交手沒有魔法激起的絢爛光效，有的只是短兵相接、力沉招重的苦戰。

「崩！」

兩人站在泥濘的沼澤地中，曲一掌崩在重甲戰士的鎧甲上，但厚實的鎧甲吸收了大部分的力道，重甲戰士只退後兩步，提起大劍對曲獰笑。

眼看掌力無法對敵人造成傷害，曲果斷地開啟了「九霄雷天」。

再次化身為雷電的曲，身體由銀白色的電弧所構成，速度比原先快了十倍，因高速帶起破壞力，攻擊威力也變得相當驚人。

「崩！」

曲腳步連點，快速往重甲戰士奔去，先閃過對方劈下的大劍，再一掌把重甲戰士拍上半空中。

重甲戰士沉重的身軀，在這一刻就如輕飄飄的風箏那樣，不斷往天空飛去。

接著曲凝力於足，將沼澤地鬆軟的土地踏出十餘尺深的巨坑，朝天空暴衝而起！

「崩！崩！崩！」

曲的去勢比重甲戰士更快，帶起銀白色的軌跡，在半空中追上重甲戰士。

「崩！崩！崩！崩！崩！」

他不斷蓄力、揮掌，蓄力、揮掌……每一掌都重重打在對方的胸口鎧甲上，重甲戰士口中鮮血狂噴，當兩人再次落地後，勝負已分。

「莉莉絲……妳到底在哪裡？」

解除雷化狀態的曲，臉上已經有了皺紋，竟已是步入老年。

然而，他付出了壽命、付出了心血，依舊沒有得到自己想要的答案。

不停迎敵。

不停尋找。

「……」

「你知道莉莉絲在哪裡嗎？」

不停迎敵……

不停尋找……

「你有見過莉莉絲嗎？」

「她大概這麼高，只是個E級魔女。」

不停迎敵——

不停尋找——

「……」

最終，曲打敗了所有人。

當他走到島上的正中心，擊敗了最後一名S級魔女時，曲認出了……這個人就是當初追殺他跟莉莉絲的魔女。

就在曲擊敗所有人的剎那，貝納德斯利的臉孔再次於島上的高處浮現，宣布了曲的勝利。

然而……這時候的曲，已經是如枯柴般乾瘦的老者，臉上的皺紋深得猶如刀刻，歲月的腳步替他帶來了死亡氣息。

「勇武的締約者啊……你破壞了我的遊戲。這原本是讓一千名魔法師互相廝殺的戰場，締約者只能從旁協助，而你……卻打倒了所有人。」貝納德斯利如此說。

他依舊缺乏像樣的五官，只有一對紫色魔眼停留在空蕩蕩的臉孔上。

但在曲看來，貝納德斯利似乎……隱隱在笑。

在沉默片刻後，曲做出回答。

「九霄雷天的能力，是你給我的。我已經踏遍了整座島，卻還是沒有找到我的夥伴……莉莉絲。貝納德斯利，我問你，莉莉絲……究竟在哪裡？」

貝納德斯利笑了。

「坦白對你說吧。」

「我貝納德斯利，以無處不在的觀察之眼，一直注視著整座島……我看見……你不惜犧牲性命拖住敵人，試圖拯救那名為莉莉絲的E級魔女……

「但是見妳重傷瀕死，那E級魔女，卻用生命為代價，施展種族技能……復活了你。

「現在，你又以壽命做為籌碼，不惜一切、付出所有的青春歲月，只為了尋找她……

「呵呵呵呵呵……哈哈哈哈哈……」貝納德斯利發出大笑，覺得有趣至極。

他是眾魔之王。

喜歡玩弄眾生，將一切視為遊戲的魔。

正因為知道一切，明白這對苦命搭檔的實際情況，所以貝納德斯利沒有提早結束這場戰爭，任由曲在島上橫行，並將足以破壞遊戲平衡的SS級強力技能……給予了曲。

在得知真相後，曲的情緒沒有產生波動。他反而很冷靜，露出淡淡的笑容。

「貝納德斯利，你錯了……我已經找到莉莉絲了。」

在曲的話聲中，他再次啟動了「九霄雷天」，將自身化為雷電。

有史以來第一次，曲全力發揮出這SS級技能的威力，在瞬間將方圓幾十公里的島嶼化為恐怖雷池——

雷蛇亂舞，連大地都被烤得焦灼，那是以燃盡所有壽命為代價……所施展出的最終一擊。

最終……在貝納德斯利驚疑不定的目光中，曲盤膝坐下。

他的最終一擊，沒有對貝納德斯利造成任何傷勢。

而在眾魔之王貝納德斯利看來，地上坐著的老人，已經是一具即將死去的空殼。

「……愚蠢。看來得從那些快滅亡的世界挑選新的人選，進行下一場遊戲。」貝納德斯利的虛幻臉孔，自半空中緩緩消散。

但連SSS級強度的眾魔之王也看不見的是——在曲快要湮滅的意識裡，出現了某些景象。

「……曲！」

那是一名穿著魔法師長袍的小女孩，她撲到曲的懷中。

曲恢復了青年的模樣，露出充滿溺愛的笑容，抱起了她。

「我的死……帶來了妳的生……而我的生……又帶來了妳的死……在尋找的過程中，我早就已經猜到……莉莉絲……妳已經逝去。或許命運早已註定我們無法相見，生生死死……死死生生，形成了殘忍的循環。

「然而，即使妳早就消散、就算我已經瀕死……在最後關頭前的那一刻……藉由九霄雷天帶來的魔力波動……只要破開這樣的循環，我們或許就能跳脫生與死的界線，在縹緲虛妄……連貝納德斯利都不知曉的地方……再次相見。」

被攔腰抱起的莉莉絲，將臉貼在曲的肩窩，俏皮地笑了。

「曲，你就不怕這一切……現在的莉莉絲……只是你腦海中產生的美夢嗎？」

曲也笑了。

笑得溫暖和藹，就像兩人初次相見時那樣。

「就算是美夢，沉醉一場又如何？」

曲刮了刮莉莉絲的鼻子。

而莉莉絲露出甜甜的笑容。

「走吧。」

曲牽著莉莉絲的手，兩人模糊的身影，漸漸走遠……

走著，走著……

走向充滿一片白色光芒的遠處，再也沒有回頭。

如夢似幻亦如真。

曲最後看到的究竟是真正的莉莉絲，還是死前一廂情願產生的幻覺，沒有人知曉。

就算墮入虛假的幸福中，在曲的眼中，那也比世上的一切都還要真實而可貴。

人生如夢，夢如人生，最後即使沉醉於美夢，於瀕死的曲而言，卻是填補空虛後獲得的新生。

「……」

寫作至此，只剩下最後的收尾階段。

時間在專注的寫作中流逝，過程中我無視小秀策製造的所有幻象，將所有心血注入了作品中，以寫出最好的輕小說作品。

很多時候，當寫作者的實力在水準以上，決定作品優劣的關鍵已經不是單純的筆力，而是文字帶起的意境比拚。

又過了幾個小時，我的作品《千本魔女》，即將完成。

在仔細思考過後，我念出了最後一段話，讓作品徹底邁向結局。

在完成的瞬間，整座體育館裡響起人工智慧七十一號LB的電子合成音。

「恭喜C高中代表完成輕小說《千本魔女》，總字數七萬八千五百九十一字，請靜候對手完成，再由超級電腦做出評分！」

又是超級電腦評分嗎。

《千本魔女》已經結束，但我跟小秀策的比拚……仍未分出勝負。

於是在收尾後，我轉頭朝小秀策望去。

……他不知道看見了什麼，站在原地呆呆出神，似乎陷入某種《千本魔女》帶起的幻象中。

我沉默。

由於「言靈幻真」之戰的規定是不能進行修稿，所以我能做的事已經沒有了。

在呼出一口長氣後，我注視著小秀策，他的表情忽然變得無比猙獰，像是在努力掙脫幻象那樣，嘴巴想要張開，努力了一陣卻又合攏。

「小秀策，你的寫作之道……是錯誤的。寫作者的強大，源於對自身的千錘百鍊……而非以力壓人，狠狠欺負敗者，藉此彰顯自己的強大。今日你以力壓人，明天就會被別人以相同的方式，以力壓之！」

我已經寫完作品，不知道小秀策能不能聽見我的話。

然而……隨著我的話聲落下，小秀策的臉卻漲得通紅，額頭一滴汗水滑落。

我繼續開口說話。

「所以我來了──你喜歡欺壓弱者，現在我柳天雲就在這裡，如果有本事的話，就連我一起碾過！若是心有不服……就堂堂正正地用輕小說戰勝我，告訴我你的道……你的『以力壓人』之道，比我的『本心之道』更加正確！」我的音量漸漸拔高，一字一字鄭重道出。

「因此呢……小秀策！」聲音漸沉，又倏然轉高。

「拿出你所有的本事，與我柳天雲一戰，證明你自身的強大！」

在我說出這句話的剎那，小秀策發出了無聲的嘶吼。

他仰頭向天，雙目現出瘋狂，竟然掙脫了《千本魔女》產生的幻象。

一陣強烈的勁風在黑暗的體育館裡吹動，那風非常陰森，彷彿自地獄的裂口中吹出……又過了片刻，我才明白，那根本不是什麼風，而是來自小秀策身上的強大氣勢，形成勁風撲面的錯覺。

在那幾乎要壓闔雙眼的氣勢巨浪中，我凝神以待。

黑暗中包圍小秀策的光圈，光芒變得更加強烈。

而小秀策重新開始寫作，他口中快速念誦某些字句……最終，他的動作使人工智慧七十一號的話聲，再次響起。

「恭喜B高中代表完成輕小說《零之鎮魂曲》，總字數七萬五千五百六十六字。雙方作品都已完成，請靜候超級電腦做出評分！」

在掙脫幻象後，小秀策轉頭看向我。

隨著兩人的寫作結束，體育館裡的燈光重新亮起，原本圍繞在我們身邊的光圈也消失不見。

小秀策看了看我，沒有說話。

到了這一刻，挑釁、冷言冷語、虛張聲勢，一切的口頭交談都已經是多餘。這不單是輕小說的比拚，同時也是信念與信念的決勝。

——我柳天雲會贏！

——鄙人會贏！

強烈的勝負執念，化為無聲的話語，以某種奇妙的方式在我們兩人之間傳遞。

明明沒有說話，卻能確實地感受到對方心中的想法。

於是，我與小秀策靜待著。

靜待著……人工智慧七十一號，做出評判！

最終——

人工智慧七十一號ＬＢ的聲音，在整座體育館裡隆隆迴盪。

那聲音比起之前更加莊重，帶著評判生死般的決斷。

「現在由我人工智慧七十一號，來宣布Ｂ高中與Ｃ高中此次『言靈幻真』之戰的結果……」

「此次比賽，滿分為一百分。」

在略微一頓後，ＬＢ繼續說下去。

「所處陣營，Ｂ高中；身分，人類；比賽通用姓名，小秀策；輕小說名《零之鎮魂曲》獲得分數為『九十三分』！」

小秀策一聽，臉上頓時露出笑容。

他將紙扇一開，露出上面「小秀策」三個油墨字體。他沒有搧風，而是單純誇耀般地將扇子張開。

看見他的舉動，我一凜。

……從小秀策自信滿滿的舉動推測，九十三分似乎很高。

我捏緊雙拳。

而LB緊接著宣布我的成績。

「所處陣營，C高中；身分，人類；比賽通用姓名，柳天雲；輕小說名《千本魔女》獲得分數為『九十四分』！

「勝負底定……C高中獲勝！」

小秀策的臉色霎時變得慘白，發出怒吼。

像是要發洩出所有的怨恨那樣，小秀策朝著天空狂喊：「不可能！九十三分是鄙人拿過最好的成績！怎麼可能會敗！」

人工智慧七十一號LB並沒理他，以放大的音量蓋過小秀策的喊聲，將消息清晰傳遞至體育館的每一個角落。

「由於C高中啟動了『破鏡重圓護身符』，又於本次的月模擬戰中獲勝，所以C高中可以迎回先前失去的學生，並且取代B高中……成為六校中的第三。本決定即刻起生效！」

人工智慧七十一號宣告完一切後，沉靜了下來。

比賽已經結束，象徵外界出口的明亮漩渦也在體育館的東側出現，只等著我們踏入、回歸校園。

在無法置信的表情中，小秀策發出慘笑。

而我朝出口走去，慢慢接近那深邃迷幻的出口。

「……等一等，柳天雲，就算鄙人敗了，也只差你一分，身為多年以來的競爭對手，鄙人認為有必要告訴你……我的真名。聽過後，你要牢牢記住，因為鄙人會回來奪回勝者寶座，重新將你踩在腳下。」

我沒有停下通往出口的腳步。

更沒有轉過頭。

「之前已經說過一次。」

以沉靜無比的語調，我對小秀策做出答覆。

「我柳天雲……沒有興趣得知敗者的名諱。」

當我重新踏進B高中時，有種恍惚的感覺。

畢竟我在骰子房間內已經待了一百小時，而外界只過了一小時——那是時間感紊亂所帶來的強烈恍惚。

由於「言靈幻真」之戰的結果也會顯示在骰子房間外，以氣勢幻獸廝殺的模式讓外界的人知曉戰況，所以外界的人大概早已得知兩校的勝負究竟如何。

在步出傳送漩渦後，我往風鈴走去。

我的步伐不快，卻很堅定。

風鈴被雨水打溼的制服溼答答的，仍蹲在地上瑟瑟發抖。

「……」

小秀策，很強。

如果當初小秀策來C高中搶人時，桓紫音老師派我出戰……我其實沒有必勝的把握。

——直到踏上敵校土地的這一刻，我才後知後覺地明白風鈴的苦心。

天能容風……風能送雲。

「風鈴……妳其實早就猜到了……小秀策很強，之前的我未必可以獲勝，所以妳自告奮勇，請求成為C高中代表，鼓起勇氣與小秀策一戰，就是為了讓我觀看你們的戰鬥。就算妳敗了，日後我也能有更多獲勝的把握。

「這一切，是妳以自身形成的風……替我開路，將我送得很遠很遠，即使妳自身在途中風勢會減弱……甚至滅絕，依舊無怨無悔……妳明知敗了自己會被奪走……卻還是冒險一搏……」

與風鈴在怪人社裡相處了這麼久，直到現在，我才真正刻骨銘心地體悟到風鈴這兩個字的涵義。

我以公主抱的姿勢將風鈴抱起，走向晶星人的宇宙船。

而在我身後走出傳送漩渦的小秀策，則被B高中的學生們包圍。

「你不是說自己有必勝的把握嗎！這個廢物！」

「棋聖大人在臨走前把B高中託付於你，你到底有沒有認真在規劃大家的未來？」

有人捶胸頓足，非常懊惱。

「煩死了！如果棋聖大人還在，B高中怎麼會輸！」

「要不要棋聖大人被A高中給奪走，B高中……又怎麼會輪到這個混帳恣意妄為！」

在一個小時前，小秀策還是他們的領導者。

但他只是敗了一次，就遭憤怒的口水給淹沒，顯然眾人平常的積怨已深，如火山般不斷堆積怒氣，只等著爆發的時機到來。

小秀策與那些人產生了激烈的爭執，最後他被一名粗壯的男學生推倒在泥水坑裡，原本乾淨的白衣髒汙得不成模樣。

敗者的末路，我沒有興趣多看。

他們口口聲聲的「棋聖大人」是誰，我不清楚，亦沒有心情多問，只是橫抱著風鈴，望著天空遭防護罩隔絕的強烈風雨，慢慢朝宇宙船走去。

風鈴的身體帶著女孩子特有的柔軟，肌膚沾黏著讓人心疼的溼冷。

她原本有些迷惘的雙目，在我抱起她後，漸漸變得清晰。

「前輩……是你嗎……前輩……」

風鈴有些沙啞地叫喚我。

而我點點頭，輕聲回應她的呼喚。

最後，風鈴笑了。

那笑容很安心……很溫暖，就像找到家的流浪貓那樣。

「……」

我與風鈴乘上了宇宙船。

在得到安全感後，心神疲憊的風鈴很快就睡著了，細細的鼻息均勻，睡臉相當可愛。

望著她的俏臉，我忽然有所領悟。

……文如其人，寫作者當下的心境，會在文章裡充分地反映出來。

快樂活潑的人，筆尖的軌跡所到之處，也將充滿愉快。

黯然神傷的人，寫出來的文章通常也無比灰暗。

而我為了救回風鈴，才產生寫出《千本魔女》的心境，從而圓滿戰勝了小秀策。

──在《千本魔女》中，曲為了找到莉莉絲，踏遍所有地方，最後在那虛無縹緲、意識與黃泉的分際之處……見到了莉莉絲。

很明顯的，我遠比曲還要幸運，因為我尋到了真正的風鈴。

我撫摸著風鈴長長的紫髮，終於瞭解一件事──

「風鈴，不管妳到底是不是晨曦……」

我的話聲很輕，深怕吵醒風鈴。

「在這一刻，妳就是屬於我的莉莉絲。」

帶著艱難得來的勝利，我們離開了B高中。

風鈴的額頭有些燙，顯然受了風寒，發燒了。

照規則來說，我能夠繼續往上挑戰A高中，但風鈴的病勢讓我喪失了續戰的心情，向晶星人表明去向後，宇宙船直接返回我們的學校……C高中。

宇宙船落地。

船艙才剛剛開啟，透過正在敞開的艙門縫隙，我看見外面站滿了撐著傘的風鈴親衛隊成員，無數道焦急的視線先是與我觸碰，最後停留在我臂彎中的風鈴身上。

「風鈴大人！」

「風鈴大人回來了！」

許多人喜極而泣。

對於很多人來說，風鈴不光是同校學生，還是類似偶像般的存在。長久以來的偶像遭強大的敵人奪走，親衛隊成員自然會徬徨無助，日夜祈禱奇蹟誕生，偶像能夠再次回歸。

此時已經是晚上十一點，或許親衛隊成員強忍著睡意……一個個引頸向天，盼著宇宙船的蹤跡，這動作已經持續很久很久。

我剛抱著風鈴走下宇宙船，身後卻傳來晶星人急促的說話聲。

「七六四二三四，你在做什麼？你剛剛輸入的不是啟航的指令。」

相比夥伴，七六四二三四的話聲卻很平靜。

「沒什麼……只是打算用宇宙船的能量，替C高中設下防護罩，為他們遮蔽一夜風雨而已。」

「……別浪費宇宙船的能量幹多餘的事。」

七六四二三四輕輕一笑，並不答話。

在他笑聲落下的這時，以宇宙船為中心點，赫然浮現了一層黃色光圈，那光圈急速擴張出去，像一只透明的大碗那樣罩住整所C高中，讓風雨無法侵襲內部。

「？」

在晶星人看來，地球人應該跟猩猩、猴子等靈長類沒有任何分別，七六四二三四為什麼要特別優待C高中？

我回頭，想看七六四二三四最後一眼。

落入我眼中的，卻是他靠在駕駛座中的無聲背影。

「風鈴大人！」

我沿著階梯走下宇宙船後，夜藍、朝露兩名雙胞胎姊妹衝了過來，小心翼翼地接過我手中的風鈴。

她們姊妹將臉貼在風鈴的臉上，一邊笑一邊流淚。

「柳天雲大人，謝謝……謝謝您！」

「我們始終堅信您可以拯救風鈴大人，而您果然成功帶回了風鈴大人！」

在接連不斷的道謝過後，發現風鈴發燒的藍藍路姊妹，急匆匆地將風鈴帶去保健室。沁芷柔也跟著去了。

感冒病症剛起，只要喝點熱水再加上適當的休息，她應該很快就能痊癒。

知曉風鈴得到妥善安置，有如壓在心頭的大石終於被取下那樣，我鬆了一口氣，與小秀策戰鬥的疲憊不斷湧上，使我感到全身無力。

那是極度緊繃過後的輕微虛脫。

這時是晚上十一點左右，本來該是睡覺時間。

而教學大樓前的廣場，卻黑壓壓地擠滿了人，幾乎全校學生都到了。

那些學生一時沒有散去的趨勢，而是滿懷著好奇開始竊竊私語。

「柳天雲那傢伙……竟然救回了風鈴大人？」

「只是運氣吧？」

「可是連風鈴大人都贏不了的對手，他竟然戰勝了……這能稱之為運氣嗎？」

「難道說他真的很厲害？之前在校排行取得第二名的成績，並不是作弊？」

「這究竟是？」

議論紛紛。

議論紛紛——

其實連我也無法提前預料小秀策的寫作水準。

小秀策的實力，只有親身與之交手過的輕小說家，才能確切體會……那是以傲為名、踏出屬於自身道路的強大。

而只是旁觀者的C高中眾學生，僅僅得知表面的勝負，當然會感到無比疑惑。

他們疑惑於……小秀策到底有多強。

他們亦疑惑於……能戰勝風鈴的高手，為什麼會敗在一直被視為作弊者的柳天雲手上。

四周學生的談論仍未結束。

「連戰勝風鈴大人的對手都能打倒，難道說柳天雲真的很厲害？」

「不是吧？他之前在校排名不過排第三，最近幾個月才晉升第二，風鈴大人可是一直維持冠軍的。」

「那眼前的情況又是怎麼回事？」

「這……」

就在這時，一道高亢的聲音壓過了所有喧囂。

是女孩子的嗓音。

「大家不覺得可疑嗎？」

就像刻意拉扯喉嚨大叫般，那聲音極其不自然。

「風鈴大人輸了，只是區區校排名第二的柳天雲，卻能戰勝B高中的小秀策，這件事絕對很奇怪吧？」

言語化為的疑惑蟲鑽入人群，許多學生聽到她的話，交頭接耳，臉上露出懷疑的表情。

我沉默，在腳步一頓中，看清了對方的臉孔。

她綁著簡潔的馬尾，臉上滿是憤恨之色。

……是她。

曾經在輕小說學園祭中，集齊十個人的生命值，打算以「兩敗俱傷手環」將我踢出場的風鈴親衛隊成員。

這個人對風鈴的崇拜近乎狂熱，認出她的瞬間，過去的言語在我耳邊迴盪。

「我一直，都很弱小……」

馬尾女學生低下頭，黑色的瀏海覆蓋而下，將她的表情藏起。

「不太會寫作……不懂得安慰風鈴大人……只能加入親衛隊，默默支持著風鈴大人。風鈴大人是至高無上的救贖，我愛她，風鈴大人是我的女神！」

聽見她對風鈴的告白宣言，我一愣，發愣之下，靜靜等著對方說完。

馬尾女學生繼續發話。

「然而！然而這麼平靜而純樸的日子，被一個男人給闖入破壞了。」

她猛然抬起頭，朝我用力嘶吼。

「你這種缺乏朋友的人，根本就不會有厲害的寫作本領！一定是不知道用什麼方法欺騙了風鈴大人……欺騙了整所C高中！柳天雲你這壞蛋，你根本不配跟風鈴大人站在一起享受榮耀！」

她喜歡風鈴。

盲目的憤怒。

醜惡的嫉妒。

眾多負面情緒已經蒙蔽她的雙眼。自她眼中看來，試圖玷汙風鈴大人的我，柳天雲——是死上一百萬次也無法獲得原宥的罪人，根本不值得信任。

馬尾女學生似乎發覺自己的演說吸引了大多數人的關注，一邊繼續說話，一邊像政客發表政見那樣比劃著手勢。

「呵呵……其實能打敗B高中的小秀策，根本不是柳天雲有多厲害。」

馬尾女學生手一揮。

「吶，大家思考一下，之前小秀策已經跟風鈴大人進行了一場激戰……代表世上所有美好詞彙的風鈴大人，不慎輸給了對方。就因為這樣，與風鈴大人交手過後的小秀策，必定已經筋疲力盡，實力大大下降……隨便派一個精英班的學生去比賽大概都能贏吧？」

她單薄的嘴脣一扭，露出冷笑。

「如果再仔細回想推敲，小秀策剛來到我們C高中時，柳天雲本來已經要踏出去比賽，最後不是縮了回來，改讓風鈴大人上陣？他打的主意不是很明顯嗎？如果風鈴大人贏了，他樂得輕鬆；如果風鈴大人敗了……他再趁機打敗累垮的小秀策，名利雙收，成為最後的贏家！

「……照這麼看來，大概連校內第二的排行，也是用類似的手段作弊的吧。他根本沒有寫作實力可言……犧牲風鈴大人、不擇一切手段來贏取自己在校內的地位，柳天雲，你簡直卑鄙無恥！」

馬尾女學生的質詢無比尖銳，那指責聲替許多原本狐疑的學生找到合理的解釋，許多人露出恍然大悟的表情。

他們注視我的目光，頓時帶上輕藐、鄙視……與顯而易見的安心感。

……是的，顯而易見的安心感。

來自B高中的小秀策，實力有多強大，其實稍微思考，就能輕易推斷得知。

但很多時候，當陌生的對象取得了自己難以企及的成就，人們會優先傾向「對方作弊了」、「肯定用了什麼小手段」之類的看法，努力地替自己尋找藉口，以填補不如他人的失落。

然而……馬尾女學生的發言替這些人尋到了「藉口」，將失落填補而起，這些人因此感到安心。

哪怕潛意識知道並不合理。

即使早已經明白幕後真相。

但所謂慣於聚集的群居生物，從懂得比較的那一刻起，就註定如此盲目而善於自欺欺人。

「……」

所以……我選擇成為獨行俠。

如果眾人崇拜的是能照亮一切的光，那獨行俠進化的方向，就是與光成為對立面的影。

不與他人相爭。

僅醉心於自身的強大。

如果獨行俠之路有其終點，道路延伸的極處，必定有著我所嚮往的天下無敵。

想到這裡，我邁步往人群外走去。

而馬尾女學生聚眾擋住了我，原本還算端正的臉孔變得尖酸刻薄。

「柳天雲，你為什麼不說話？啊啊……我懂了，你果然心虛了吧？哼，想也知道，如果不是撿到風鈴大人的便宜，你這種人怎麼可能贏過小秀策！」

她身後站著幾名風鈴親衛隊的成員，幾人都將雙手扠在腰上，一副不肯罷休的架勢。

我搖了搖頭。

「小秀策，很強。他的強大，只有切身體會過才能明白。我就算開口解釋，你們也不會瞭解，或者說……不會想瞭解。」

馬尾女學生不斷冷笑。

她身後的親衛隊成員，露出跟她一模一樣的表情。

我繞過他們，從另一條路走了出去。

然而……我身後的人群卻不斷傳來怒罵聲。

「沽名釣譽的混球，別以為我們會感激你！」

「如果不是因為你避戰的小手段，風鈴大人也可以贏的！」

「噁心的小人，只會想盡方法作弊！根本沒有實力可言！」

「滾出精英班！滾出桓紫音老師開的社團！你沒有待在裡面的資格！」

怒喊聲不絕於耳，我靜靜地離開教學大樓，眾人難聽的罵聲一直隨著我走出很遠很遠才停下，四周終於靜悄悄，一絲聲響也無。

這裡已經脫離主要校舍，是舊操場的遺址。原先的舊操場上此刻生滿長長的青草，如果不是斑駁的鞦韆跟單槓仍未被移除，幾乎難以辨認這裡就是舊操場。

於寂靜的黑夜中，我坐在鞦韆上，手握著生鏽的鐵鍊，忽然覺得有種挫敗感。

那是自內心深處湧起，哪怕使盡全力……也無法遏止的挫敗感。

我明明救回了風鈴。

擊敗了小秀策。

讓C高中的排名上升，取得更多資源。

——然而，我換來的卻是眾人的唾棄，與排山倒海而來的批評聲浪。

思及此，我忍不住苦笑。

但笑著笑著，想起那些人的表情，我漸漸笑不出來。

「……」

我旁邊的鞦韆，在此時突然晃動。

是幻櫻。

一頭銀髮的幻櫻，坐在我旁邊的鞦韆上，一晃一晃地，將小腳抬離地面，順著慣性前後擺動。

生鏽的鐵鍊，隨著幻櫻的動作，發出「咿呀咿呀」的聲響。

「你給人的感覺，很寂寞。」

幻櫻如此說。

我裝出面無表情的樣子，也開始讓鞦韆晃動。

她猜中了一小半，但我不願意承認。

「幻櫻，妳錯了。獨行俠，不會寂寞。」

「……給我叫師父。」

她似乎相當在意師父的稱謂，每次都堅持糾正我。

我聳聳肩。

為了替自己的論點增加說服力，我開始發表意見。

「人之所以會寂寞，是因為尚未遺忘曾經的美好……將多餘的期待堆砌而起，最後才會壓垮自身。而身為獨行俠的我，游離於人群外，早已看破所有，遺忘曾經。既然已經遺忘曾經，當然就不存在所謂的寂寞。」

幻櫻聽完我的話，帶著彷彿看穿人心的戲謔笑容，「呼姆」了一聲。

「每次都說些怪話……真是死要面子呢，弟子一號。」

聽完後，我微微搖頭。

這其實是獨行俠的風範，不是什麼死要面子。

隨時都能維持風範，才是真正的獨行俠。

就算退一億步來講，是死要面子好了……死要面子也是必須的、必要的、必然的。

——因為暴露自己的弱點，是愚者的行徑，而愚者遲早會敗亡於人生的陷阱中。身為獨行俠的我，是不可能幹出這種蠢事的。

隨著時間過去，幻櫻的笑容，慢慢淡了。

「遺忘曾經……嗎？」

她輕咬櫻脣，言語中似乎帶著點苦意。

我們比肩而坐邊著鞦韆，一時沒有人再開口說話。

幻櫻的銀髮輕晃，她緩緩抬起俏臉，仰望天空。

「吶，弟子一號，你看。晶星人留下的防護罩，隔絕了張狂的颱風，令C高中不致受風雨所苦。」

幻櫻說到這頓了一頓。

她依舊沒有將視線投向我，沉默片刻後，繼續說下去。

「然而，就算身處的地方無風無雨，令人產生和平的假象，外界的真正景色卻是肆虐大地的狂風暴雨。如果打破那薄薄一層的防護罩……失去外力遮掩，我們將付出輕忽事實的代價，被真相弄得無比狼狽。」

幻櫻似乎意有所指。

我也抬頭，看向散發防護罩光芒的天空。

「……幻櫻。」

「叫師父。」

「師父，我最近產生一個疑問。」

「說吧。」

幻櫻的回答簡潔有力。

這個疑問來自風鈴外號的由來，她之所以取為風鈴，是因為我叫做柳天雲。

每個外號的誕生……通常都有其緣由。

那麼，幻櫻這個外號，又是怎麼出現的呢？現在的我，很想知道。

「師父，妳為什麼叫做幻櫻？」

這個問題彷彿觸動了幻櫻的條件反射，她的鞦韆毫無徵兆地驀然停下。

接著，她站了起來。

幻櫻即使站著，也只比坐著的我高上一點，使人充分意識到少女的嬌小。

將兩隻小小的手掌負在背後，幻櫻慢慢邁步，往遠處的黑暗中走去。

我等了很久很久，終於，幻櫻的身影消失在我的視線中。

像是以沉默代替回答，又似逃避，幻櫻的真實想法究竟是哪一種，我不明白。

在那悄然而去的背影中……我終究沒有得到答案。

第五話 上課時在做什麼？有沒有空？可以開後宮嗎？

我的名聲在C高中內大幅度下滑。

幾乎所有學生都將我視為利用小手段的混球，校排名第一只是浪得虛名。

如果說完全不在意，那是騙人的。

哪怕獨行俠生存於情感的荒野，攀爬名為人生的高山，在那險峻的道路上，能相信的本來就只有自己……但是遭受眾人的排擠，恍若每個人都想將你推下萬丈深淵去，那滋味絕對不好受。

然而。

然而——

與其祈求別人的態度軟化，不如追求自身的強大。不受他人所阻，不被外來意志干涉，此謂真強。

「我對你好，你也會對我好」——這種天真的想法，從來只存在於童話故事中。

……有一個名為《青鳥》的童話故事，述說只要尋找到傳說中的青鳥，就可以得到幸福。

但是，事情是相對的。

就像想拿起其他東西，必須得放開原先捏著的東西那樣——

如果現實中真有能給予人幸福的青鳥……在獲得某種幸福的同時，必定也會喪失原本擁有的事物。

幸福的代價是如此易懂，而又淺薄。

以《青鳥》的男主角當範例，他大概會失去他的妹妹吧。

因為對一個妹控來說，奪走他的妹妹，他就等於失去了全世界。

「喂……喂！柳天雲！」

一陣急促的喊聲，打斷了我的思考。

沁芷柔的上半身出現在我的視線中，她從旁邊將身體探過來，望著我手中的輕小說，發出大叫。

「啊——你這傢伙！你怎麼在看書時發呆？書頁被你折到了！」

「……」

距離跟B高中交戰，已經過去五天。

風鈴的感冒在晶星人的道具「醫生聽診器」的治療下，迅速痊癒，現在已經回到怪人社內，重新跟我們一起參加社團活動。

晉升為六校中的第三名後，我們獲得了更多資源，同時也有了挑戰A高中的資格。

敵人只會越來越強，我們沒有任何休息的時間，甚至在大戰過後立刻就投入輕小說的修煉中，每天放學後的怪人社活動時間更是不斷拉長。

「……」

幻櫻依舊坐在社團教室的角落，時常探頭望著窗外。

風鈴坐在我的左邊，沁芷柔坐在我的右邊。

而原本喜歡坐在垃圾桶上的雛雪，在桓紫音老師的強制規定下，終於肯乖乖待在課桌椅上，現在坐我前面。

「我超喜歡這本書的耶！」

沁芷柔把我手上的書搶去，依依不捨地抱在懷裡，像是抱著什麼寶物那樣。

「柳天雲，你給我聽好了，書是輕小說家的第二生命，折到書頁是非常嚴重的事！」

我望著她，做出回答：「我又不是故意折到的。而且就算書頁折到了，內容也不會打折。」

沁芷柔空出一隻手來，砰的一聲，在我桌上重重一拍，露出可怕的表情。

「收起你的冷笑話，一點也不好笑。」

「那個……風鈴覺得很好笑哦。」風鈴開口替我緩頰。

「狐媚女，別以為大病初癒就可以胡言亂語！『就算書頁折到了，內容也不會打折』這種無聊、粗劣、不堪入耳的東西到底哪裡好笑？妳可以舉出好笑的點嗎？」

聽到沁芷柔「舉出好笑的點」的要求，風鈴的表情略微一僵。

「那、那個……」

她支支吾吾地，眼神有點飄忽。

「啊？狐媚女，妳倒是說清楚啊？說出一個好笑的點。」沁芷柔趁勝追擊。

風鈴將左手食指點在下巴上，想了想，「唔」了一聲，最後得出結論。

「那個……因為是前輩說的，所以很好笑？」

沁芷柔傻眼。

她露出無法置信的表情，提高了音量。

「這算哪門子的笑點！」

「咦……？這樣不算嗎？」

「當然不算！」

沁芷柔跟風鈴的單方面爭執還在繼續。

不過……因為是我說的，所以很好笑，就好像我本身是笑點的來源似的。

打個比方，就好像相聲節目的主持人，即使這個主持人某天嚴肅地講話，觀眾聽了還是會下意識想笑的感覺吧。

這種人通常會成為群眾中的焦點人物，在班級上的話，就是逗人發笑的開心果那種存在，我可差得遠了。

在一陣胡思亂想中，桓紫音老師手上拿著吸血鬼權杖進入教室——那是她自行製作的道具，據說象徵吸血鬼始祖高貴的皇權。

桓紫音老師將吸血鬼權杖的尖端往地上一頓，用細長的鳳眼朝我們掃視。

「闇黑眷屬們哦，咱們必須做好面臨險惡挑戰的覺悟。大戰過後，汝等應該也明白敵人究竟有多麼強大，所以提升自身是非常重要的事。」

桓紫音用極端中二病的語氣敘述事情，本該讓人覺得怪異，但她壓倒性的魄力掩蓋了那份突兀，使得一切都顯得順理成章。

「……所以！」

她說到這，強調語氣一頓。

「——汝等必須加緊進行修煉，強化寫作能力，讓C高中的黑夜簾幕籠罩世間！」

沒有人反駁桓紫音的話。

因為那是事實。

與B高中一戰後，C高中戰力的不足已經徹底顯露，再加上「先聲奪人之戰」之類的詭譎戰局，我們猶如身處繩索即將斷裂的危橋上……隨時有可能摔落山谷，再也沒有絲毫翻身的可能性。

所以我們必須變強……變強……變強！

唯有以無法想像的速度強化自身，這才有傲立於世、爭取成為六校冠軍的活命機會！

大概除了我之外的其他人也想到了這點，桓紫音在望了我們一眼後，露出滿意的微笑。

「很好的表情……除了零點一之外的人，都充滿了戰鬥意志。」

「……等等，我明明也充滿了戰鬥意志好嗎？」我忍不住反駁。

桓紫音則一愣。

「啊！抱歉抱歉……看到汝那張疲懶的臉孔，忍不住將汝排除在外。」

結果是臉的問題嗎！以貌取人是最差勁的行為喔！

而桓紫音無視我的抗議，直接宣布課程內容。

「卑微的眷屬們唷，聽好了！今天怪人社要上特殊課程，課程名為『戀愛100%』！」

「啊？」我。

「咦？」風鈴。

「唔？」幻櫻。

「欸？」沁芷柔。

也難怪大家會驚訝。

畢竟過去桓紫音想出的「特殊課程」，例如輕小說學園祭或角色模擬遊戲，都充滿了爭議性與吐槽點。

桓紫音似乎裝作沒有看見我們懷疑的表情，繼續解釋下去。

「所謂的『戀愛100%』——必須利用輕小說虛擬實境機來進行遊戲。吾已經把故事設計寫好，待會汝等進入吾寫的作品裡後，會進入一座大城市，隨機扮演劇中的一個角色。劇中的主要角色們都是情侶關係，實際劇情會依汝等的選擇有所變動。」

桓紫音哼哼兩聲。

「汝等這群殘念怪人根本不會寫戀愛情節！所以說，藉著吾的作品來體驗戀愛過程，日後就能寫出更好的戀愛系輕小說來，這就是這堂課的最終目標！」

她一邊說一邊點點頭，似乎相當陶醉於自己的巧妙設計。

……看來我剛剛有一件事會錯意了。

——這傢伙根本不用裝作沒看見我們懷疑的樣子，她根本打從心底深信自己的舉止是完美、合理，像天道那樣不容置疑的！

「等、等一下，好像有哪裡怪怪的？」

沁芷柔傻眼。

趁著所有人都還在發愣，一時無法否決現狀，桓紫音打鐵趁熱、快速拿出輕小說虛擬實境機，接著半強迫性地將我們所有人推進故事中。

在一陣黑暗過後，我的眼前驀地亮起。

刺眼的陽光讓我的眼皮一時無法睜開，好不容易適應光線後，我發覺自己身處一座大城市裡。

比鄰延伸的熱鬧店家、寬敞的街道，還有大量往來的人潮，這些是首先進入我印象中的事物。

四周的行人穿著都相當時尚，許多人手上提著購物完的紙袋，這裡大概是城市裡某個著名商圈吧。

我首先觀察自己，發覺身上穿著陌生的高中制服，但外貌似乎沒有太大的變化。

在我初步釐清情況後，忽然有一道清晰的系統合成音在我耳邊響起。

「玩家您好，歡迎您使用輕小說虛擬實境機！您目前體驗的輕小說名為：《戀愛100%》，經過系統亂數選取，您現在扮演的角色為『男主角』！由於已經開啟菜鳥幫助模式，接下來系統會為您進行引導，以便完成整部輕小說的劇情進度！」

聽完系統說明，我頓時陷入疑惑中。

那疑惑……並非是聽不懂說明，而是源於對人性的困惑。

奇怪。

……好奇怪啊。

桓紫音老師怎麼忽然轉性了，變得這麼善良，還為我們開啟菜鳥幫助模式呢？

她應該巴不得將我們推入萬劫不復的死境中，逼迫我們成長才對。

此刻晴空萬里無雲，身處於熱鬧的街道上，能夠驅散無數陰影的太陽又懸掛於上空，人的心情本來也容易變得爽朗……但面對無知，最是讓人恐懼，我總覺得心裡蒙上了一層灰塵。

這樣下去也不是辦法，於是我依著商圈街道往前走。

一邊走，由於這是菜鳥幫助模式，因此我嘗試向系統詢問。

「呃……請問這部輕小說要怎麼樣才能破關呢？」

而系統也體貼、善解人意地做出回答。

「玩家您好，系統已接受您的提問，以下做出詳細說明。結局共有五個，完成任一結局就可以離開遊戲。第一結局，名為『緋雲之櫻』，達成條件為：與女主角幻櫻達成最高好感度；第二結局，名為『柔雲若芷』，達成條件為：與女主角沁芷柔達成最高好感度；第三結局，名為『風能從雲』，達成條件為：與女主角風鈴達成最高好感度；第四結局，『雪月化雲』，達成條件為：與女主角雛雪達成最高好感度；第五結局，『浪涯天跡』，達成條件為：與所有女主角好感度皆為標準值以下，進而成為尊爵不凡的獨行俠之王。」

由於桓紫音的輕小說肯定存在大量陷阱，我本來苦著臉聽著結局條件，然而……

然而——我聽到第五個結局的瞬間，心頭一陣激動，久久不能自已。

「什麼？你剛剛說第五結局是什麼？」

「玩家您好，第五結局『浪涯天跡』，達成條件為：與所有女主角好感度皆為標準值以下，進而成為尊爵不凡的獨行俠之王。」

系統照我的要求重複了一次。

尊爵不凡……

獨行俠之王……

這些關鍵字大大地刺激了我的神經，即使我有孤獨之力帶來的冷靜，還是無法壓下此刻心頭的澎湃……與震撼！

我花了好久的時間，才從那強烈的消息衝擊中，慢慢恢復過來。

在我逐漸恢復過來之後，我卻忍不住想笑。

想要笑……想笑得不得了。

哼哼哼哼……

哈哈哈哈哈哈哈哈……

哈哈哈哈哈哈哈哈哈哈哈哈哈哈哈哈——

我以手按臉，仰天無聲大笑。

尊爵不凡的獨行俠之王嗎？很好……非常好！

這豈不是專門為我柳天雲所設立的道路！

我一直苦苦追求的巔峰大道，現在竟然能有實現的機會，哪怕只是在輕小說虛擬實境機中稍稍感悟，想必也對我日後稱霸孤獨王國的鴻圖……大有幫助！

從指縫中露出雙眼打量一切，我的眼神變得無比銳利。

在大笑過後，我一瞬間決定了這場遊戲的走向。

「我柳天雲……要完成結局五！我要成為尊爵不凡的獨行俠，去見識那孤獨之道的終點……究竟存在什麼樣的事物！」

在幻櫻的逼迫下，我已經融入人群太久，導致過去在「獨行」二字上累積了太多渴望，並於這時候一口氣爆發出來。

最後，我甚至有些忘了這場遊戲本來的目的是什麼，因為增強獨行之力……反而才是讓我的寫作實力進步的最佳法門。

對於自己的決斷，我越想越有道理，腳步忍不住加快，想邁往那美好的明天。

「……」

過了一陣，在我轉過幾條街道後，耳邊忽然再次響起系統合成音。

「玩家您好，前方即將出現第一名女主角——幻櫻，請提前做好心理準備。由於是菜鳥幫助模式，在接觸時，兩人眼前都會浮現提示選項，以幫助雙方建立好感度。」

系統果然沒有騙我。

一分鐘後，我遇見了幻櫻。

幻櫻依舊是銀髮少女的外表，只是換下了制服，衣服變成了少女逛街時的流行服飾，帶有讓獨行俠無法接近的青春氣息。

穿著短袖上衣跟牛仔熱褲，幻櫻站到我的面前。

她沉默一下，嘴角忽然略微抽搐起來。

「嗨！柳天雲同學！」語氣呆板。

「好巧哦，竟然在這裡遇見你！」語氣呆板。

「那個……要一起逛逛嗎？」語氣呆板。

舉手投足乃至言語都十分呆板的幻櫻，以單調的語氣念著這些句子。

就像在讀課本上的內容，還念得非常差勁那樣，完全是不及格的朗讀範例。

我思考片刻，隨即想起系統所說的「在接觸時，兩人眼前都會浮現提示選項」這點來。

大概……幻櫻是把系統的提示選項直接念出來吧？所以語氣才會不甘不願又僵硬。

我剛想通一切，正要開口回答時，周遭的世界瞬間變得緩慢，眼前蹦出三道金色方框。就像玩ＰＣ美少女遊戲時觸發劇情選項那樣，三道方框裡分別顯示出不同的文字。

第一個方框裡的文字是：「好啊，幻櫻同學，我很樂意！我們一起逛吧！」

第二個方框的文字則是：「哼，雖然不想跟妳一起逛，不過都遇到了……這也是沒辦法的事。」

而最後的方框內寫著：「請玩家自由發揮。」

將三個選項都看清後，我在心裡冷哼一聲，同時一甩想像中的袖子。

……很明顯。

很明顯，前兩個選項都是會加好感度的陷阱！

如果增加了幻櫻的系統好感度，我就沒辦法達成「浪涯天跡」這種理想結局了……所以為了增加孤獨之力，我無疑必須選擇第三個選項，再由自身臨機應變！

在我決定選擇選項三後，世界的流速重新加快，恢復平常狀態。

而幻櫻站在我對面，帶著迎合奇怪劇情的羞恥感，臉色微紅，將頭低了下去，等待我的回答。

我見狀，仰天長嘆。

「問世間……情為何物，直教人……生死相許！」

將手負在背後，我一邊念誦詩詞，一邊從幻櫻身旁走過，盡顯尊爵不凡的獨行俠風範。

從旁邊繞過去，大概就沒事了。

就像知道走這條路會遇到 Boss，那就乖乖繞路，這是一樣的道理。

「系統訊息：幻櫻對你的好感度 -15！」

「系統訊息：幻櫻對你的好感度 -15！」

「系統訊息：幻櫻對你的好感度 -15！」

「……」

我剛走出兩步，一直保持沉默的幻櫻忽然有了動作。

她極慢、極慢地轉過身，朝我嫣然一笑。

但那笑容的背後，分明帶著恐怖的黑氣，我彷彿看見她背後出現巨大惡鬼的幻影！

我大駭。妳是《美食獵人》裡面的角色嗎！

「……殺了你哦？」

幻櫻一邊笑，一邊朝我慢慢逼近，每前進一步都帶給我巨大的死亡壓力。

「弟子一號，為了幫助你增強寫作實力，我連尊嚴都可以捨棄……不惜配合這該死的系統，說出一堆奇怪的話，而你竟然不領情？」

這時候幻櫻走到我的面前，抓住我的衣領，帶著恫嚇意味地將臉湊近我，一張俏臉上滿是煉獄之怒帶起的陰影。

聽到她的威脅，我卻笑了。

「哈哈哈……」

一邊朗聲發笑，我開口說話。

「幻櫻！是人都有個底限。為了生活，我可以忍，但牽扯到孤獨之道就不行！面臨追求獨行俠之王的真諦，我葉問天雲……絕不會輕易放棄！」

幻櫻笑得更加燦爛，接著朝我揚了揚她小小的拳頭。

「……」

「嗚噗！」

「……」

「呃啊！」

幾秒鐘後，我以正坐的姿勢坐在幻櫻的面前，低著頭，滿心沮喪。

在大庭廣眾之下擺出正坐，引起不少路人的注目，許多人向我們這邊看來。

「啊啊……心情好多了。」

幻櫻揉著剛揍完人的拳頭，一臉舒暢。

她蹲了下來，拉近我們兩人之間的距離。

「弟子一號，我這是第三百一十三次告訴你——不可以違抗師父。」

「……」

「師父教訓徒弟是天經地義的事，如果你表現太差的話，我真的會揍你哦。」

「……妳已經揍了，還揍了不止一拳。」

幻櫻揍完人後，似乎心平氣和許多。她將我從地上拉起，直視著我，再次出口的話語，已經恢復到平常的冷靜。

「……所以獨行俠那種東西到底哪裡好啊，不就是交不到朋友而已嗎？將這種卑微、寂寞、不如他人的身分視若珍寶……不，是表面上視若珍寶，其實只是為了藏起自己心中的軟弱吧。」

「說穿了，所謂的獨行俠，不過是將自身蜷縮於由膽怯構築而成的世界中，就像井底之蛙那樣，哪怕知曉外面有更大更廣闊的世界，也寧願沉溺在有利的環境中稱王。」

面對幻櫻尖銳的質詢，我搖搖頭，微微一笑。

這次我不再像虛張聲勢時那樣張狂大笑，而是笑得有些無奈，笑容裡帶著自己對人生的感悟。

「……妳是這樣想的嗎？不過……妳的話，只對了一半。」

「真正強大的獨行俠，並非排斥世界本身，而是與寂寞同化。更強者，則能遺忘孤獨，甚至以自身的存在重新定義孤獨一詞……我猜測，那就是獨行俠之王的至高境界。而再往上……如果世間真有孤獨之神，或許祂既是孤獨本身……但也不是孤獨本身。因為當一個人徹底遺忘曾經的美好，那孤獨……也將不再是孤獨。那並非墮入目空一切的麻木，而是未曾享有期盼的混沌。

「我即孤獨……孤獨即我……我非孤獨……孤獨非我……無須依靠他人，醉心於自身的堅韌，毋庸置疑……到了這個境界後，換來的，將是無與倫比的強大。」

幻櫻聽了我的話後，並沒有罵我是個笨蛋中二病。

她天藍色的雙眸，閃動著思考的光芒。

那光芒裡面蘊含的情緒，很複雜很複雜，我幾乎無法讀懂。

唯一能夠理解的，僅僅是絲絲細微的遺憾。

「弟子一號。」

幻櫻慢慢轉過身，往人群中邁步，緩緩離我遠去。

一邊走，她的話聲依舊清晰地朝我傳來。

「你現在，身處怪人社。」

拋下這麼一句看似沒頭沒腦的話後，幻櫻離開了，很快消失在人群的汪洋中。

為了避免繼續挨揍，我挑了幻櫻的反方向走去。這商圈內，不管何處人流量都極大，雖然街道相當寬敞，但多如螞蟻般的人群將街道擠得水洩不通，讓我感到寸步難行。

在人群中，我緩慢行走。

「……」

走著，走著。

「……」

走著……走著……

就在這時，一道如閃電般劈入腦海的念頭，使我感到強烈的慌亂。

我的腳步隨著那份慌亂猛然一頓，引起後面人群的抗議。

慌亂之後，我卻感到有些茫然。

「我明白了……幻櫻那句話的意思……想成為真正強大的獨行俠，必須與寂寞同化，割捨多餘的思念，踏上孤獨之道……

「而我是怪人社的成員……我跟幻櫻……沁芷柔……風鈴……雛雪……桓紫音這些人的關係，已經很像朋友。獨行俠，絕對是沒有朋友的。也就是說，只要我仍身處怪人社，我就不可能成為自己嚮往的獨行俠之王……甚至就算我脫離了怪人社……只要我仍心存思念，未曾遺忘曾經的美好，就永遠無法突破限制，往更高的地方邁進……」

我低下頭。

這些事情，我還是首次發現。

過去的我沒有朋友，所以我一直忽略了我跟怪人社成員之間的關係。

但是，我跟她們共患難、同生死，其實已經很像朋友。

不……一起吃、一起睡、一起玩，這根本就是朋友了吧。

——獨行俠是不能有朋友的。

有朋友的傢伙，不配稱之為獨行俠，就算自稱是，也只會顯得不倫不類。

「……不倫不類的獨行俠嗎？我柳天雲？」

我陷入了苦惱中。

正當此時，系統合成音再次於我的耳邊響起。

「玩家您好，前方即將出現第二名女主角——沁芷柔，請提前做好心理準備。」

「玩家您好，前方即將出現第三名女主角——風鈴，請提前做好心理準備。」

「玩家您好，前方即將出現第四名女主角——雛雪，請提前做好心理準備。」

「由於是菜鳥幫助模式，在接觸時，雙方眼前都會浮現提示選項，以幫助建立好感度。」

竟然一次來了三個人！

我嚇了一跳，沒想到沁芷柔、風鈴、雛雪三個人竟然聚在一起，還朝我這裡過來。

於是，我壓下紊亂的思緒，打算先解決眼前的突發情況。

不管怎麼說，優先處理目前的情況，取得浪涯天跡的結局，提升自身的孤獨之力，大概會是比較好的做法。

很快地，在人群末端，視線的極處，沁芷柔等人像破開海浪的三隻海豚那樣，所過之處人群紛紛退讓，使她們有充足的步行空間。

「那是誰？」

「模特兒拍戲嗎？」

「你有在雜誌還是電視上看過這些女孩嗎？」

四周詢問的聲浪不斷加大，讓我再次體悟這些殘念怪人的美少女力之強大。

金髮巨乳的沁芷柔、大和撫子流的風鈴、豔麗中帶著清純感的雛雪……進入怪人社後，我習慣於與她們見面，沒了初見時的驚豔感，但她們或清純、或可愛的容貌，卻不因時光流逝而減少半分，只有更加俏麗的趨勢。

此刻周圍人群的驚呼，就是最好的證明。

幾秒鐘後，沁芷柔三人走到我的面前。

「坦白說，本小姐覺得這遊戲很無聊，什麼戀愛100%啊。」沁芷柔不滿地朝我嚷嚷，「就算要玩這種遊戲，男主角也得挑優秀一點的吧！」

重點是優秀嗎！不夠優秀全都是我的錯，真是對不起啊！

沁芷柔高傲的態度，更加深我要達成「浪涯天跡」結局的決心。

「那個……風鈴覺得前輩已經很優秀了哦！」

風鈴露出能夠瞬間治癒人心的笑容。如果在網路遊戲裡，這絕對是大神官級別的存在。

雛雪舉起寫著「不夠帥」的繪畫板，人縮在最後面，眼睛從板子上方朝我看來。

……這些傢伙，除了風鈴之外，根本全都在嫌棄我啊。

「嘛，不過換了其他男人，本小姐更不能接受，柳天雲當男主角的話，也就勉勉強強了。」

金髮巨乳的少女肆意發表著宣言，讓我不知道這算不算稱讚。

對於她不太像稱讚的稱讚，我擠出一個很敷衍的微笑。

——我剛露出微笑，在這一瞬間，周遭的世界瞬間緩慢下來，跟之前遇見幻櫻時相同，眼前蹦出三道金色方框。

第一個金框寫著：「邀請沁芷柔去約會。」

第二個金框寫著：「邀請風鈴去約會。」

第三個金框寫著：「邀請雛雪去約會。」

……這次竟然沒有半點轉圜的餘地，只有邀請約會的選項！見狀，我心頭一緊。

大概是前一次提升幻櫻的好感度失敗，讓系統興起想幫助我的念頭，這讓想完成「浪涯天跡」結局的我，陷入相當難堪的局面。

不過，智慧如我柳天雲，這點小事當然難不倒我。

善良的風鈴不會拒絕前輩的邀約。

隱藏痴女屬性的雛雪說不定也很好約。

所以——大小姐個性、身為寫作殘念怪人的沁芷柔，無疑是在場攻略難度最高的一個。

想通了關鍵處，我露出心領神會的微笑，立刻開始實行計畫。

「沁芷柔，跟我約會吧。」

「咦?」沁芷柔呆住。

她原本抱在胸前的手滑了下來，驚愕地在空中晃盪。

「跟我約會吧!」

我這次刻意強調「約會」兩字的語氣，好讓沁芷柔從震驚中清醒過來。

她低下頭，單腳著地，用另一隻腳的腳尖點在地上，似乎在猶豫著什麼。

「啊……啊啊!這、這畢竟是遊戲嘛，哈哈哈哈哈哈……邀請我去約會什麼的，大概也是系統給出的建議吧?不會是你自己想要這麼做的吧?哈哈哈哈……」

沁芷柔的語氣有些慌張，像是想以疑問掩飾自己的失態那樣，她拋出許多問題，又不斷乾笑。

不斷哈哈乾笑的沁芷柔，有點像被逼到絕境的我。

不過。

不過，沁芷柔肯定會拒……

「系統訊息：沁芷柔對您的好感度＋100。」

「……」

不可能！

絕對不可能！

突如其來的消息，深深震撼了我的心靈，讓我踉蹌後退，遲遲無法恢復鎮定。

——怎麼可能！為什麼會加好感度！而且還加了整整一百！

——這系統肯定哪裡出了問題！

我深深吸一口氣，再慢慢吐出，勉強取回了正常思考能力。

不行。

我柳天雲……不能敗在這裡！

肯定還有生路存在——那通往浪涯天跡結局的生路！

沁芷柔紅著臉，用眼角餘光偷偷看著我；而雛雪跟風鈴似乎有些不知所措，在一旁靜待事情發展。

等等？

雛雪跟風鈴？

看到這兩名少女的瞬間，我竟然忍不住想笑。

想要大笑，想得不得了。

「哈哈哈哈哈哈哈哈哈……哈哈哈哈哈哈哈哈哈哈哈哈哈哈哈哈哈哈……」

我按著臉大笑，這次不是在心裡無聲大笑，而是將笑聲遠遠傳了出去，笑到幾乎無法自拔。

——有了！

要想突破現在的困境，打出完美結局，我已經想到……完美無缺的攻略法！

就像被魔王連續幹掉五百次的苦命玩家，突然靈光一閃抓到魔王的致命破綻那樣，我柳天雲……也是如此。

攻略法其實很簡單。

我現在對沁芷柔提出約會邀請，好感度加了一百。

接著我只要再對雛雪提出邀請，沁芷柔見我竟然繼續邀請別的女人，好感度肯定驟然下降！

就算雛雪再答應我的邀請，好感度上升，我只要故技重施，繼續對風鈴提出約會邀請……雛雪的好感度當然也會降到冰點！

以此類推，我最後只要再降低風鈴對我的好感度，三個人對我這個負心漢的好感度……將會是全員歸零！不，或許將全員成為負數，我就可以完成浪涯天跡的結局！

「……」

我越想越有道理，對於這個比完美還要完美的攻略法，感到信心十足。

「哈哈哈哈哈哈哈……哈哈哈哈哈哈哈哈哈哈哈哈……」

因此我越笑越是大聲，越笑越是猖狂，提早宣告我的時代已經來臨。

這手法……可謂毫無破綻！

這計畫……堪稱天衣無縫！

笑到過癮後，我的笑聲慢慢止歇。

並且，開始實行計畫。

我以手按臉，朝著雛雪鄭重發話。

「雛雪，跟我約會吧。」

「……！」

雛雪後退兩步，警惕性地將繪圖板遮擋在胸前。

接著急速地在板子上寫了「跟著柳天雲學長去的話，會被侵犯嗎？」，並把板子亮給沁芷柔跟風鈴看。

「會！」

「不會。」

兩種截然不同的答案讓雛雪有些困惑。當然，回答會的人是沁芷柔。

「柳天雲，你不是已經邀請我去約會了嗎？為什麼又約另一個人？」

與困惑中的雛雪相異，像倉鼠般鼓起臉頰的沁芷柔，顯然非常不滿。

面對她的提問，我一甩想像中的袖子，盡顯高人風範。

沁芷柔似乎更生氣了。

「系統訊息：沁芷柔對您的好感度 -50！」

「系統訊息：沁芷柔對您的好感度 -50！」

「系統訊息：沁芷柔對您的好感度 -50！」

——好！

發現好感度如願以償地大大降低，我大喜過望，明白自己的計畫簡直絕妙！

接著只要朝風鈴也發出約會的邀請，雛雪的好感度也會隨之降低！如此一來，哪怕世界再大、前途再困難艱苦，也絲毫無法阻擋我柳天雲的腳步！

於是我發出一聲朗笑，又轉向風鈴。

「風鈴，跟我約會吧！」

「系統訊息：風鈴對您的好感度＋100。」

隨著話聲落下，果然風鈴的好感度也增加了。

不過重點是要削減雛雪的好感度，所以這不打緊。

雛雪皺了皺鼻子，很快地舉起寫著「雖然雛雪一點也不想跟學長約會，不過學長真是花心大蘿蔔」的板子。

「系統訊息：雛雪對您的好感度 -50！」

「系統訊息：雛雪對您的好感度 -50！」

「系統訊息：雛雪對您的好感度 -50！」

哼哼哼……

哈哈哈哈哈哈哈哈哈哈哈……

我臉上不動聲色，心裡卻已經在猖狂大笑。

——成了！

最後再削減風鈴的好感度，就大功告成！

光明的未來……就在眼前。

毫無疑問，勝利已經是我的囊中之物。

事情到了這個局面，哪怕遭邱比特的愛神之箭……萬箭穿心！也再無人可阻我柳天雲分毫！

勉強壓下心頭的激動，我看向風鈴。

「……」

剛剛被我提出約會邀請的風鈴，正低著頭，雙手絞在一起，滿臉通紅，聲音細若蚊鳴。

「風鈴的話……可以嗎？這樣子的風鈴……可以跟前輩一起約會嗎？風鈴……風鈴配得上前輩嗎？如此強大，又如此勇敢的前輩。」

風鈴咬著下唇，話聲很低，低到我幾乎無法聽清。

看著她楚楚可憐的表情，我忽然泛起一絲不忍。

只要是人，心中都有一觸即潰的柔軟部分，而風鈴的表情恰好命中我的軟肋。

但是，事情到了這個地步，我已經是騎虎難下。

唯有將預先想好的計畫實施到最後，如壯士斷腕般、敢於連自身的柔軟部分一起擊碎，這才是真正的強——亦為完美獨行俠的典範。

所以，在最後的最後，我朝風鈴投以抱歉的笑容。

並且將計畫實施到最後一步。

「……真是抱歉。」

努力不讓自己去看風鈴的表情，我發出違心之言。

「那個……我還是想跟沁芷柔約會。」

沁芷柔聽了我的話，立刻生起氣來。

「哈？柳天雲，你到底要拈花惹草到什麼地步!?真是卑鄙無恥惡劣的負心漢！像你這種人，如果在輕小說裡的話，第一章就會被主角解決掉！」

沁芷柔的咒罵相當惡毒。

不過如果我是輕小說的主角的話，肯定會被作者惡整到生活不能自理、整天被追殺吧，畢竟我感覺最近不斷在體驗地獄修羅模式的人生遊戲。

「系統訊息：沁芷柔對您的好感度 -50！」

「竟然想把每個人都上一遍嗎？前輩真是個不得了的色中惡鬼。」雛雪毫不遲疑地寫道。

「系統訊息：雛雪對您的好感度-50！」

結束了。

我嘴角噙著半帶無奈、半是解脫的微笑。

直到這一刻，我才終於敢移動自己的視線，向風鈴看去。

「前輩……」

風鈴仍站在原地，露出嬌怯的笑容。

那笑容背後的情感，很溫暖。

看見那笑容，我不禁一愣。

她明明也在猶豫，也在害怕，不知道該如何回應，卻依舊想鼓舞我……鼓舞我這個負心漢，試圖藉著笑容帶給我勇氣。

——將勇氣帶給這樣子的我嗎？

風鈴深深吸了一口氣，豐滿的胸部起伏，像是下定了決心那樣，終於堅定地開口。

「風鈴曾經說過……只要能看著前輩的身影……風鈴就心滿意足。經歷了B高中之戰，又一次受前輩所拯救……風鈴跟隨前輩的意志更加堅定。」

她的雙頰浮起暈紅，一雙星眸卻無比明亮。

「所以說，無論如何……哪怕只是角落的位置也好，也請讓風鈴保有在前輩身旁的一席之地……不管前輩要帶幾個女孩子一起約會都沒關係，只要前輩不會棄風鈴而去，風鈴就無怨無悔。」

我愣愣地聽著風鈴的發言。

而沁芷柔跟雛雪也沉默了。雛雪是第一人格本來就安靜，沁芷柔則不知為何，露出有些掙扎的表情，凝視風鈴。

「系統訊息：風鈴對您的好感度＋10000！」

「系統訊息：風鈴對您的好感度＋10000！」

「系統訊息：風鈴對您的好感度＋10000！」

「系統訊息：風鈴對您的好感度＋10000！」

「系統訊息：風鈴對您的好感度＋10000！」

——!!

這是怎麼回事！

不可能！

絕對不可能！

接踵而來的訊息，如洗頻般在我耳邊連續響起。

然而我沒想到的是，如晴天霹靂般的訊息更在後頭。

「恭喜您！第三結局『風能從雲』達成條件為：與女主角風鈴達成最高好感度！」

「您與風鈴的好感度已經達到上限值五萬，完成第三結局，『風能從雲』！」

「您與風鈴於本作《戀愛100%》中，有情人終成眷屬，最後步入禮堂共結連理！」

天地間驀然一陣旋轉，我的眼前忽然開始播放我跟風鈴步入禮堂的動畫CG，風鈴穿著白色的婚紗，手中捧著花朵，緩緩通過紅色地毯走到我面前，對我露出帶淚的微笑。

沁芷柔、雛雪也跟我待在一起觀看動畫CG，她們的表情都非常難看。

……我向動畫CG中的「自己」看去。

那個擔任新郎的我，微笑下卻藏著苦意。

我明白。

我明白那苦意從何而來——肯定來自浪涯天跡的結局沒有達成的遺憾。

旁觀那個新郎的我，露出與他一模一樣的表情。

將雙手負在背後，我忍不住發出沉悶的嘆息。

「最初以為是最容易過關的風鈴……原來才是最後的大魔王嗎？

「妳是風……而我是雲。」

我在心中琢磨許久，終於得出了自己失敗的主因，最終仰天長吟。

「金鱗豈是池中物……一遇風雲便化龍。九霄龍吟驚天變……風雲際會淺水游。成也風雲……敗也風雲……今日我雄霸天雲於此地認栽，倒也輸得心甘情願。」

為了爭回最後的氣勢與顏面，我無視沁芷柔跟雛雪鄙視的表情，充滿高人風範地緩緩閉上雙眼。

在《戀愛 100％》破關後，我們的意識被傳送出輕小說虛擬實境機。

桓紫音老師一看我們醒來，興沖沖地朝我們湊近，開口詢問。

「如何？吾的得意之作！很好玩吧！呃……學習效果很好吧！」

沁芷柔坐在自己的位子上，蹺起了二郎腿，雙手環胸，滿臉不爽地轉過頭去。

「難玩死了！超爛的！沒有見過比這個更爛的！」

面對沁芷柔的感想，桓紫音老師的表情一僵，但很快她又朝著雛雪看去，明顯期待從這個插畫家口中聽到不同的感想。

雛雪緩緩轉過寫著字的繪畫板。

「糞作。」

糞作兩字旁邊還畫著一坨狗糞便。

桓紫音老師的臉孔開始抽搐。

她將剩餘的希望指向幻櫻，朝她看去——桓紫音大概是認為零點一的意見沒有參考價值，所以只問女孩子。

「說真的，遊戲性不怎麼樣。」

幻櫻啃咬著蘋果，語氣很平靜，但有時候，這樣的語氣比最鋒銳的名刀還要傷人。

「——不可能，絕對不可能！吾寫的作品怎麼可能是糞作！汝等肯定是被來自天堂的雙翼天使……等等，或許是三翼天使給淨化了，才會說出這種背叛吾的話！」

她大叫時，漂亮的鵝蛋臉表情扭曲，真是浪費了她與生俱來的美貌。

「汝等肯定是被神聖陣營的力量迷惑了！吾要施展魔力遮蔽汝等的讒言！」

桓紫音老師用雙掌遮住耳朵，藉此逃避現實。

「就算妳學弟子一號說『不可能、絕對不可能』，逃入中二病的小世界也沒有用，因為這是事實。」

幻櫻持續打擊著桓紫音。可怕的女人，沒有十足把握的話，果然不能輕易招惹她。

在桓紫音陷入四面楚歌的絕境時，她像是想起什麼，驀地轉頭看向風鈴。

風鈴先是有些緊張，接著朝桓紫音露出微笑，替她加油打氣。

看見那能治癒人心的微笑，桓紫音老師遮擋耳朵的雙手不自覺地放下。

「那個，風鈴覺得很棒唷！老師您寫的是很有趣的故事！」

「很好！不愧是首席黑暗騎士，吾果然沒有看錯汝！吾會灌輸更多黑暗魔力給汝，讓汝升級為究極黑暗騎士！」

聽起來更中二了，這並不是往好的方向升級。

得到支持的桓紫音一臉感動，但沁芷柔似乎相當不滿。

「狐媚女，別昧著良心說話！那明明是個爛遊戲！」

「風、風鈴才沒有昧著良心說話！」

「啊啊……是這樣吧，只有妳跟柳天雲有結局，所以妳感到滿意，所以昧著良心，寧願成為究極黑暗騎士也要稱讚那爛遊戲！」

沁芷柔正與風鈴爭辯，這時忽然有一雙小小的手掌從她背後伸出，合攏環抱住她，還相當不安分地捏了捏她的纖腰。

「嘻嘻嘻嘻嘻嘻嘻嘻嘻，學姐身上好香哦，這樣子的學姐……雛雪可以哦。」

「所以說這傢伙怎麼突然變成第二人格了啊！呃啊啊啊啊啊啊啊啊啊啊啊，這社團裡怎麼除了本小姐都是些糟糕透頂的傢伙啊！」

沁芷柔雙手抱頭，用力抓著金色長髮，發出近乎慘叫的抱怨。

而我則坐在一旁，接過幻櫻拋給我的蘋果，開始吃了起來。

看著窗外，颱風剛過境不久的清淨藍天，我若有所思，明明這間教室裡充滿了怪人，這些怪人又在大吵大鬧，卻使我感到一陣奇異地祥和。

……離六校最終一戰，還有大半年的時間。

……我想要守護這裡，守護這些個性千奇百怪的少女。

……但同時，我又想在獨行俠之路上走得更遠。我跟怪人社的成員關係太過接近夥伴，已經產生了羈絆——而羈絆對獨行俠來說，無疑是見血封喉的毒藥。

在面臨輕小說戰事的同時，我心中的兩種理念亦產生了衝突，最後形成極端的矛盾……與困惑。

究竟該怎麼處理那份矛盾，該怎麼化解心中的困擾，此刻的我還未明白。

但是，就算現在的我無法釐清那份困惑與矛盾，隨著不斷練習、增加寫作實力，未來的我……肯定可以解決吧？

……我如此相信。

或者說，必須如此相信。

第六話 闇黑廟會的一擊無雙

對於《戀愛 100%》被批評是糞作，桓紫音老師一直都非常介意。

某天晚上七點整，桓紫音集合了全校的師生，地點是操場。

站在鐵製高臺上俯瞰眾人的桓紫音，身影在漆黑的夜色下有些模糊，不過她的話聲清朗地傳進了在場所有人的耳裡。

「所以說！所以說，竟敢有卑微的闇黑眷屬敢質疑吾的能力，還提出抱怨，簡直是不可饒恕！如果追溯到萬年前的真祖霸族時期，如此忤逆真祖的叛徒，會立刻被剝奪全身魔力，放逐出村！

「然而吾是慈祥的、和藹的、理性的，不會做出那種事來。雖然有些胸大無腦的乳牛，又或男女通吃的變態痴女無法理解吾的苦心設計，不過吾完全可以原諒她們。」

明明沒有原諒啊！《戀愛 100%》的遊戲都過去一個禮拜了，很明顯桓紫音還是耿耿於懷，甚至介意到把全校師生都召集起來。

桓紫音洋洋灑灑地發表了近半小時的闇黑宣言與中二病理念後，終於進入了正題。

「……承上，為了彰顯吾的箴言之威，與增強全校學生的寫作實力，吾決定舉辦『輕小說之闇黑美食廟會』！」

在「輕小說之闇黑美食廟會」這句話被說出來的瞬間，鐵製高臺上忽然打出兩道紫色聚光燈，映出桓紫音興高采烈的神情。

……感覺不太妙啊。

桓紫音一揮手，有兩名男學生搬出之前曾經使用過的「連宇宙猴也能辦好祭典機」。桓紫音彎腰在機器上一陣輕按，整所學校瞬間產生了強烈地震，校舍紛紛收縮進地下，一座占地寬廣、燈火輝煌的龐大廟宇矗立在原本教學大樓的位置。

而環繞著那座廟宇的其餘校地，則被鋪上無數的白色石磚，四面八方形成平整的廣場。

那廣場的巨大程度，大概花一小時才能繞上一圈。

此時在廣場上面，矇矇朧朧地開始浮現許多事物。定睛仔細看去，竟然是些朱漆拱門、紅色燈籠、帶著古風的小閣樓之類的廟宇配件，最後甚至幻化出許多類似NPC的制式化小販。小販們紛紛推著推車，將廣場排出一列列道路，各自擺下食物攤位或是射氣球之類的玩耍攤位。

以晶星人的高科技加上桓紫音的想像力所創造，這是我見過規模最大的廟會，一切擺設都是極盡誇張之能事，可說應有盡有，讓人為之驚嘆。

桓紫音從高臺上「嘿唷」一聲地跳下，走入人群中，大聲發表遊戲規則。

「從現在起，汝等的身分不再是學生，而是來自Ｃ王國的一千四百名闇黑旋風祭司！」

桓紫音自顧自地替學生們添加新設定。

「闇黑旋風祭司們受到神聖廟宇的吸引，決定舉辦千年一次的廟會祭典，以定出最後的祭司之王！以上，是本祭典的背景故事。」

她深吸一口氣，又揚聲道：「在這次的遊戲中，每個人都有施展魔法『寫作氣泡球』的能力，同時這也是你們唯一的魔法技能！

「在千人的戰場廝殺中，只要念出招式名稱，就能射出寫作氣泡球，擊敗想打倒的對手——寫作氣泡球的射程是一百公尺，如果碰到任何一名祭司的身體，就會瞬間將其包覆、淘汰出場！順帶一提，在裡面使用肢體暴力也會被淘汰出場。」說到這，她瞥了沁芷柔一眼。

「汝等必須注意的是，在射出寫作氣泡球的過程中，能將自身擁有的輕小說屬性同時念出，例如『寫作氣泡球‧傲嬌』、『寫作氣泡球‧病嬌』、『寫作氣泡球‧天然呆』等屬性都可以。藉由屬性加持，可以大大強化寫作氣泡球的威力與射速！

「簡單來說，就是填入屬性做為動能，唯一技能——魔法氣泡球便會增強，能使汝等擊敗更棘手的敵人！

「但每一種屬性，依據個人體質都有其能量上限，一旦能量用完，將不能再次使用該屬性，除非找到對應的魔法小吃攤販補充。祭典中有許多ＮＰＣ小販會販賣

『傲嬌炒麵』、『病嬌熱狗』、『天然呆辣年糕』等魔法食品，吃下對應的食物，就可以再一次補充屬性！除此之外，祭典中藏有少數的寶箱，可以讓汝等獲得額外的技能！」

桓紫音雙手環於胸前。

「在這場遊戲中，汝等的最終目的當然是打敗所有人，成為闇黑旋風祭司之王！成為祭典中唯一留存的闇黑旋風祭司之王後，祭典正中央的神聖廟宇就會開啟大門，裡面有一個晶星人留下的一次性消耗道具，那是給勝利者的獎賞──

「以上，講解完畢！好好地玩耍……呃，好好地決出勝負吧，C王國的闇黑旋風祭司們唷！」

桓紫音講解完後，全校學生都愣住了。

──這是何等誇張、又怪誕離奇的祭典！

其實規則並不難理解：用寫作氣泡球打倒所有人，成為最後的勝利者，獎勵是獲得某種晶星人的道具。

而填入輕小說屬性，可以讓寫作氣泡球的攻擊變得更厲害，進而打倒強敵。

輕小說屬性用完後，就不能再使用該屬性，但是祭典中有販售小吃的ＮＰＣ……找到對應的ＮＰＣ並吃下補充屬性的食物，就可以恢復輕小說能量。

規則迅速在我心中流淌過一遍，我還在琢磨其中的關鍵之處，桓紫音老師卻已經走回「連宇宙猴也能辨好祭典機」前面，按下啟動開關。

「開始決戰吧！闇黑旋風祭司們哦！」

在開關被啟動的瞬間，我感到眼前的景色一陣模糊。

彷彿被某隻巨獸生生地吸入嘴裡，又隨即被吐出來那樣，再次能清楚看見東西時，我已經身處聲勢浩大、瑰麗、令人目眩神迷的盛大祭典中。

無數由NPC經營的小吃攤位，將原先是C高中土地的地方，分割成一條條路徑，道路如迷宮般蜿蜒難測。

在五光十色的燈籠與迷彩燈幻照下，那些NPC竟然正各自愉快地交談。他們有著屬於自身的意識，智商看起來也很高，並非網路遊戲中常見的呆板、制式化的普通NPC。

「今年我天然呆辣炒年糕的生意可不會輸給你啊！祭典小子！」

一名攤位前豎著「天然呆辣年糕」廣告旗幟、頭上綁著白色毛巾的NPC大叔，朝著隔壁攤位的NPC放話。

「別說了，俺贏過你的機率足有百分之八十七！」

一個外表明顯年輕許多的NPC則扠著腰如此回答。他的攤位販售的是「廢怯關東煮」。

放眼望去……NPC攤位一路延伸，幾乎無窮無盡，根本看不到底。

光看外表根本無從想像，一千四百多名學生就分散在這裡，必須進行決出闇黑祭司之王的大戰。

狀似祥和的地方，卻隱藏著戰爭般的肅殺，這使我心態變得相當謹慎。

桓紫音老師基本上是個賞罰分明的人（不犯中二病的話），如果她說神廟中藏有獎勵，那肯定是很好的東西。

思及此，我先試著施放自己唯一的技能。

「寫作氣泡球！」

我將手掌朝向天空。

一顆約拳頭大小的透明泡泡自我掌心飛出，向著天空射去，足足飛出一百公尺才自動破滅。

再來，我決定先消耗寶貴的屬性能量，實驗一下強化版的寫作氣泡球。

「寫作氣泡球．天然呆！」

隨著我的話聲傳出，一顆排球大小的透明泡泡悍然誕生，帶著橫衝直撞般的蠻橫，迅速飛出一百公尺！

……原來如此。

不光是體積，連速度也大大提升了。

不過隨著剛剛使用天然呆屬性，我感覺到體內有某種無形的東西少了一些，消失的大概是我的天然呆能量吧。

「……」

我沉吟片刻，將視線投向販賣「天然呆辣年糕」的ＮＰＣ大叔。

頭上綁著白色毛巾的NCP大叔，竟然也十分人性化地看向我，還朝我眨眨眼。

「大叔你好，我要一份天然呆辣年糕。」

迎著他的目光，我走到攤位前，朝大叔提出要求。

NPC大叔則沉聲回答：「年輕人，完成我的任務後，我這裡的東西才能給你。」

交接任務嗎？終於有點NPC的樣子了。

NPC大叔繼續說道：「找一位擁有天然呆個性的女學生牽手十秒，我就會給你一份辣年糕；如果跟天然呆女學生成功牽手一百秒，我就給你十份辣年糕。一份辣年糕大概可以支持你釋放三次天然呆強化氣泡球，如果想要的話，就去完成我的任務。」

聽完大叔的條件，我一呆。

……這裡不能使用肢體暴力，也就是說，對方必須是心甘情願地跟我牽手才可以。

然而，我是獨行俠。

獨行俠，是宇宙中最不喜歡、最不懂得跟別人產生交際的族群，更別說低聲下氣地哀求對方跟我牽手。

也就是說，這對身為孤獨王國大公爵的我而言，幾乎是不可能的任務。

於是我有些意興闌珊地朝辣年糕大叔點頭道謝，轉身就想走。

「少年哦，請等一等。」

像是看出我的無聊，一旁賣「廢怯關東煮」的年輕人喚住了我。

「你的廢怯屬性十分合我的胃口，無疑是萬中無一的廢怯天才。我一看就知道，你除了自己熱愛的事物之外，對什麼事都提不起勁來。」

「……」

我看向他，嘴角略微勾起，想藉著微笑……來掩飾被人識破的不安。

確實如此。

除了寫作之外，我幾乎一無所有。

在尚未重拾寫作前，遭遇晶星人的強勢降臨，我也只是無聊地托腮望著窗外，彷彿自己能夠置身事外。

那時候的我猶如行屍走肉。上學、放學……上學、放學，行為無比單調，日復一日，重複著白開水般平淡的生活。

然而幻櫻的出現，改變了這一切。

我再一次寫作，並加入了怪人社。哪怕遭到全校學生敵視，我也在怪人社中擁有了僅存的、珍貴的幾名夥伴。

其實我很不想承認自己有夥伴的事實。打死我，我也不會在幻櫻、沁芷柔等人面前說出這番話。

就算是撒謊，那也無所謂。身為獨行俠的傲氣，不允許我坦承以對。

謊言是溫柔的、柔軟的，如文字般……可醉人，亦可醉己。

躲入謊言所編織出來的柔軟中，哪怕那份溫柔是虛假之物，從其中，沉醉者也將能看見獨屬自身的真實。

從謊言中見到真實。

從真實中窺見虛假。

真真假假……如夢似幻亦如真。

「廢怯少年哦，你在想些什麼？」

賣廢怯關東煮的年輕人也笑了。

他竟然直呼我廢怯少年，真是沒禮貌。這種稱呼方式，會讓人想起某部最後一集才簽訂變身契約的魔法少女動畫。

「為了給你一點動力，今天出血大放送，我就告訴你一些情報吧。在正中央的豪華神廟中，藏有珍貴的一次性消耗道具——『迷途瓢蟲』。」

迷途瓢蟲？我一愣。

那大概就是桓紫音老師放置的最終獎賞吧？

「迷途瓢蟲可以吸收人心中的困惑，引領你去尋找解答的端倪。

「舉個例子來說，你如果想交女朋友，可以用迷途瓢蟲來吸收『想交女朋友』的困惑，迷途瓢蟲就會帶你去見……未來最有可能成為女朋友的人。當然，這道具不是萬能的。如果周遭沒有能成為女朋友的人，瓢蟲就會帶你接觸能間接達成目標的對象……像是未來女朋友的親人。」

年輕人朗聲一笑。

「迷途瓢蟲不會為你直接解決事情，卻能為你引導未來的方向。好好善用這點吧……廢怯少年哦。」

聽完年輕人的解釋後，我朝他致謝，這次真的轉身走遠。

沿著由無數攤位分割出的路徑行走，我似乎隱約想到了什麼，心頭感到有些沉重。

但是，彷彿潛意識不敢繼續深想那樣，我的思考速度比平常都還要緩慢。

這時我的左側忽然傳出猛烈的大喝聲，阻斷我的思路。

「柳天雲，你這沽名釣譽的混球！給我受死——寫作氣泡球·傲霸！」

我根本來不及反應，一顆深紫色的氣泡球就從我臉頰旁擦過，帶起的風拂動了我的髮際。

「！」

一名膚色黝黑的男學生，蹲在左側章魚燒攤位的招牌後面。他維持著發射氣泡球的姿勢，掌心對準我，蓄勢待發。

他狠狠地瞪著我，彷彿恨不得將我立刻打出場外。

我記得這個人是精英班的學生，常居十五名上下，在精英班裡的外號叫做「電風扇」。

「幻櫻大人不是你這種人可以玷汙的，給我縮回你的魔掌！如果你現在發誓不再接近幻櫻大人，我就放過你！」電風扇怒然說道。

從發言聽起來，似乎是幻櫻親衛隊的成員。喂喂……幻櫻才在C高中現身多久，你們也太快組起親衛隊了吧。

不過，電風扇似乎無法理解現實。

——不是我不放過幻櫻，而是幻櫻不肯放過我！

強行收我為徒、我不聽話就揍我、逼我去攻略其他美少女，我才是最大的受害者！

可是說出來不會有人相信的，這聽起來比晶星人的存在還要荒謬。

我嘆口氣。

「啊啊……我明白了。反正，你這傢伙就是想打架對吧？很可惜，你挑錯對手了，在這個闇黑廟會祭典中，我柳天雲是非常強的。」

為什麼我說自己很強？

原因無他，我能用來填充「寫作氣泡球」的孤獨屬性能量……肯定很多，多到我自己也無從估計。

在這種無法輕易補充彈藥的環境下，初始屬性能量多的人，無疑擁有壓倒性的火力優勢！

在西部牛仔般緊張、肅殺的決鬥氣氛中，我跟電風扇幾乎同時朝對方抬手，念出魔法咒語。

「寫作氣泡球·傲霸！」

「寫作氣泡球·孤獨！」

傲霸的氣泡球是紫色，孤獨的氣泡球是黑色，一紫一黑的兩顆氣泡球在半空中狠狠相撞，最後一起破滅。

電風扇臉上變色。

我們交火了十來次，很快電風扇就後繼乏力。

就在這時，從不起眼的角落裡卻又陸續走出十多人。

而且這十多人中，有一半是精英班的學生。

伏兵嗎？我臉上變色。

他們二話不說，對著我抬起手，紛紛將寫作氣泡球朝我打來！

「寫作氣泡球·吃貨！」

「寫作氣泡球·迷糊！」

「寫作氣泡球·腹黑！」

鋪天蓋地而來的寫作氣泡球，我根本無法架擋，只好轉身就逃。

之前的寫作學園祭只會進行一對一的戰鬥，而這次的我以一打多，自然感到大為吃力。

「柳天雲，別跑！」

「淫賊去死！」

這是一條狹長無比的道路。

我筆直地沿著街道奔跑，身後追著一大群人。耳邊風聲劇烈，四周的景色在高速奔馳下變得模糊，我從未想過自己能跑得這麼快，看來人類的潛力果然是很大的。

心跳不斷加劇，就在我的心肺耐力即將到達極限時，遠方的街道忽然出現一團白光。

那白光……非常巨大，除了看起來很眼熟，還迅速地朝我這邊接近。

……看清那東西後，我的瞳孔不禁凝縮。

那哪是什麼白光──根本是一團占據了整個街道、足足有五個人大小、彷彿要將地面一起炸飛的超級巨型寫作氣泡球！

「寫作氣泡球．三十倍傲嬌！」

嬌脆的高喊聲隨著恐怖至極的氣泡球一起襲來，我狼狽地往地上一滾，躲到某個ＮＰＣ的攤位後方，這才險之又險地躲開了那記致命攻勢。

過了片刻，我探出頭去。

……身後的追兵全部消失了。

那一記巨型氣泡球，打倒了十多個人。

如此恐怖的威力……到底是怎麼回事！

「哼，柳天雲，你沒被送出場嗎？」

帶著不滿的咕噥聲從前方響起。

我往聲音來源處一看，看見沁芷柔站在前方。她滿臉惋惜之色，似乎真的覺得我沒被幹掉很可惜。

「高貴而美麗，受神所眷顧的本小姐，被傳送進場之後馬上找到了一個寶箱。寶箱裡面是『一千倍氣泡球』技能書，最多可以把屬性威力增幅到一千倍。當然，消耗也是一千倍。」

像是炫耀，又像是看待將死之人的憐憫，沁芷柔將巨大到堪稱恐怖的氣泡球的祕密……告訴了我。

我從地上爬起，拍拍衣服上的灰塵，雖然裝出一臉淡然的樣子，心裡卻掀起驚濤駭浪，遲遲無法冷靜下來。

——完蛋了！

沁芷柔的身體能力本來就大幅度領先我，現在又掌握這種祕術，我根本不是她的對手。

再者，據平常的表現推斷，她的傲嬌、病嬌、蠻橫屬性應該都很高，也不愁屬性能量會乾涸。

「柳天雲……」

見我不說話，沁芷柔卻笑了。

將雙手合十擺在胸前，沁芷柔笑瞇了眼，巧笑倩兮地道出我永遠無法忘懷的經典臺詞。

「人家想……拜託你去死。你就在這裡敗北，成為本小姐勝利的基石吧。」

「……」

我沉默。

沁芷柔在上次的寫作學園祭拿到第一後，一直很開心，這次顯然也卯足了勁，想再拿一次冠軍。

不管是體能或是技能，現在的我，都處於絕對下風，可謂勝算渺茫。

然而。

然而……

然而——

「哈哈哈哈哈哈哈哈哈哈……哈哈哈哈哈哈哈哈哈哈……」

然而，我柳天雲豈是輕易屈服之人！

所謂的強者，就是要與天鬥、與地鬥、與人鬥，活出那狂傲不羈的個人風采！

所以我仰天大笑，笑得如痴如狂，引得周遭的ＮＰＣ全部向我看來。

我一邊笑，一邊朝沁芷柔緩緩走近。

隨著我每一步落下，我周身的氣勢越來越強……越來越強！

「沁芷柔，妳難道不覺得奇怪嗎？」

「？」沁芷柔挑眉。

「為什麼我明明聽見妳取得了如此強力的技能，卻面不改色，還能大笑出聲？」

「……如果哪一天你不會再動不動就發出中二大笑，本小姐才會感到奇怪好嗎！」

「不……沁芷柔，妳仔細想想，答案其實很明顯。」

無視她說我中二的評論，我的語氣變得肅穆。

「那就是，我也取得了寶箱中的技能書，擁有與妳一較高下的資格！」

「噗。」

沁芷柔發出嗤笑，明顯就是不信，認為我在虛張聲勢。

「妳似乎不相信我的話？」

「哼，鬼才信呢。寶箱數量那麼稀少，哪有這麼巧合的事。」

「妳不是也拿到了嗎？」我反問。

「啊啊……那當然是因為本小姐冰雪聰明、天生麗質、國色天香，可愛到連上天都偏心眷顧的地步。」

……還真敢說啊。

「沁芷柔，既然如此，我們就來做一個約定。」

「什麼約定？」

「我只出一招，就能擊敗妳。如果無法擊敗妳的話……罷罷罷，我柳天雲也不是喜歡欺負弱小之輩，自然會放妳離去。」

沁芷柔思考片刻，接著上下打量我，露出國王看到乞丐般的藐視表情，竟然真的站著不動，等待我出招。

竟然在藐視我嗎？藐視我這個強大的獨行俠？

很好……很好！

「就讓妳見識一下吧……我柳天雲的真正實力！」

我一拂想像中的袖子，在瞬間轉化為崑崙山仙人模式。

化身為崑崙山仙人後，我彷彿能夠看見，自己是大袖飄飄的仙人，站在山上的最高峰，腳下雲霧盤繞，達到「萬物繁枯皆不介於懷」之境。

接著，滿身仙氣的我，緩緩彎下膝蓋，呈現半蹲的姿勢。

並且，將雙手聚成爪狀，一起擺在右腰際，遙遙對著沁芷柔。

在深深吸一口氣後，我將全身的氣勢在剎那間拔升到最高點——並且道出第一個字！

「龜——」

隨著我念出第一個字，沁芷柔像是聯想到什麼，俏臉立刻變得有些蒼白。

「派——」

一字一頓，我將招式臺詞念得鏗鏘有力、氣勢驚人，充滿無上風采。

隨著咒聲似的招式名不斷被念出，我的雙掌也開始震顫……這招的威力之強，連我這個主人都要心驚膽跳！

「氣——功——波！」

將剩下三個字一口氣念完的我，成爪狀的雙手，同時向沁芷柔猛然張開！

……

……

「……？」沁芷柔。

「……」我。

一顆軟弱無力的普通氣泡球，慢慢朝沁芷柔飄去。

她頭一偏，輕而易舉地避開。

我與沁芷柔的視線在半空中對上，同時，我緩緩站直了身體。

我仍未從崑崙山仙人的模式中退出，這時所感悟到的事物，依舊是那高山上的雲霧……與志比天高的豪情。

饒是如此，我仍發出一聲長長的嘆息。

「天下之大，果然是能人輩出。老夫……真的老了，心老了。」

彷彿瞬間蒼老了數百歲，我的聲音含帶了滄海桑田的感慨。

「？」

沁芷柔怔怔地望著我，歪著頭，一時搞不清楚我在做些什麼。

「既然無法一招敗妳，那老夫自然會信守承諾，放妳離去。咱們井水不犯河水……就此別過。」

為了怕沁芷柔不明白我的苦心，我連忙追加一句解釋。

「聽好了，所謂的井水不犯河水，就是妳別來追殺我，我也不去對付妳，懂？」

說完後，我充滿高人風範地朝沁芷柔一抱拳，再充滿高人風範地轉過身，而後充滿高人風範地邁出步伐，逐漸遠去。

我一邊走，一邊長吟出聲。

「前不見古人，後不見來者……念天地之悠悠，獨愴然而涕下……咱們後會……有期！」

沁芷柔被我拋在身後，她緘默了，安安靜靜地被我拋在身後。

由於我背對她，看不見她是什麼表情。

「……」

五秒鐘過去。

我慢慢踱步，走出了三公尺。

「……」

十秒鐘過去。

我慢慢踱步，走出了六公尺。

「……」

！

「呃啊啊啊啊啊啊啊啊啊啊啊啊啊啊啊啊啊啊啊啊

啊啊啊啊——該死的柳天雲啊啊啊啊啊啊——」

彷彿來自地獄深處的怒喊自我身後傳來。

那是終於理解事實的狂怒、尊嚴受到螻蟻冒犯的羞意、無法置信會這樣發展的震驚——以上種種複雜的情緒，讓心靈的防線潰堤後……所組合而出的淒厲喊聲。

我嚇了一大跳，回頭望去，看見沁芷柔抱著頭仰天大叫。周遭明明沒有風，沁芷柔的金色長髮卻無風自動，在空中獵獵飛舞——在這瞬間，我竟然產生了錯覺，恍若看見帶有無比衝擊感的煉獄狂焰，自她身上熊熊冒出，覆蓋了整片天空，讓人望而生怖！

看見沁芷柔的樣子，我背後沁滿冷汗，屬於獨行俠的第六感在心裡瘋狂示警。

——跑！

——快跑！

我轉頭就跑，前所未有的死亡壓力，促使我的腳步飛也似的加快。

啪躂啪躂啪躂啪躂啪躂啪躂啪躂。急促的腳步聲。

狀如惡鬼的沁芷柔在我身後窮追不捨。

在命懸一線的關鍵時刻，我的腎上腺素大大激發，短時間內竟然跑得跟沁芷柔一樣快。

「等、等等！說好的井水不犯河水呢!?」

我扯開喉嚨，在急奔中朝後方大吼。

沁芷柔不答我的話，喊聲依舊無比淒厲。

「柳天雲啊啊啊啊啊啊啊啊啊啊——寫作氣泡球・三百倍傲嬌！」

沁芷柔怒然朝我伸出小手。

一顆超級巨大的寫作氣泡球，尖銳地劃破空氣，以我根本無法閃躲的速度向我撞來。

三百倍大小，同時也是三百倍速度的傲嬌氣泡球，挾帶石破天驚之勢，轉瞬之間就衝到我的身前。

或許沁芷柔、幻櫻之類的高手可以避開這種攻擊，但我的運動神經普普通通，就算看得見氣泡球移動的軌跡，也根本來不及操縱身體橫向避開。

「……輸了。沒想到我柳天雲……埋身於此……」

甚至連敗北前的結語都來不及說完，就在此時，我陷入必敗絕境的剎那——超乎所有人意料的事情發生了。

一道嬌小的人影從旁邊衝出，在我身側狠狠一撞，將我的身體撞離「寫作氣泡球・三百倍傲嬌」的軌道。

緊接著，那個人代替我承受了攻擊，被氣泡球給徹底吞噬、包覆，帶上半空中。

「妳……」

看清那個人是誰後，我一愣。

紫色雙馬尾、嬌小的身段、俏麗的容顏。

……比任何人都更加溫柔。

……純真而又膽小，在守護他人時卻能激發出不可思議的勇氣。

……風鈴。

風鈴代替了我，承受了傲嬌氣泡球。

「……」

當初在輕小說學園祭，風鈴故意輸給我，藉此將寫作生命值轉讓給我。

在與B高中的決戰中，風鈴亦挺身而出替我開路。

這回……又一次，以自身的淘汰做為代價，風鈴犧牲自己成全了我。

我怔怔地望著風鈴。

風鈴待在寫作氣泡球內，嬌美的五官透過透明的氣泡薄膜看向我。

她的表情中，沒有被淘汰出局的後悔，只是露出溫柔秀氣的微笑。

「風鈴……一直都關注著前輩，許多年……許多年，不斷關注著前輩，試圖瞭解前輩的一切。

「當初風鈴有嚴重的人群恐懼症，非常非常膽小……能做到的事也很少很少……甚至在前輩最失落、放棄寫作的時候，也不敢出現在前輩面前，替前輩說一聲加油。

「但現在，不一樣了……風鈴已經下定決心，要學習勇敢，變得堅強。即使付出高昂的代價也無所謂，風鈴將會身化送行之風，恭送您的遠去……直到您登上至高點，再臨巔峰。

「所以，請您加油。風鈴會一直注視著您的身影。」

在輕柔的嗓音中，包裹著風鈴的氣泡球遠去了。

C高中校內排行榜王者——風鈴，就此在遊戲中宣告出局。

「唔……」

氣泡球在視線中已經縮成一個小點。那氣泡似乎也帶走了沁芷柔的怒火，她終於停下追逐我的腳步。

我回頭，看向沁芷柔。

像是做錯事的孩子那樣，沁芷柔有些慌張地低下頭去。但她似乎很快就意識到我的視線，性格中屬於倔強的部分重新崛起，美麗的臉龐也隨之昂然，與我正面對視。

「啊啊……本來想跟狐媚女決一死戰的，不過既然不小心打中她了，那也沒辦法。不、不過柳天雲，你怎麼不閃開那一記氣泡球？」

彷彿想以興師問罪的氣勢掩飾心虛，沁芷柔雖然將內疚盡數轉化為表面上的剛強，但眼底的猶疑仍表露無遺。

「那一記氣泡球太快了，我閃不開。」我實話實說。

「是、是嗎？」

得到預期中答案的沁芷柔搔搔臉，眼神飄開。

與之前追殺我、擺出惡鬼般架勢的嬌蠻女不同，此刻的沁芷柔氣勢低落，甚至偏近於柔弱無助，讓人看了有些不忍。

「風鈴將會身化送行之風，恭送您的遠去……直到您登上至高點，再臨巔峰。」

風鈴被送走前的言語猶在耳邊，在這場遊戲中，沁芷柔也是我的敵人，我與她之間必須分出高下，定出最後可能的優勝者。

於是，在沉默中，我朝沁芷柔抬起右手，五指戟張……擺出施展「寫作氣泡球」的起手姿勢。

「所以那個……本小姐……」

沁芷柔原本不斷說著違心之言，不肯透露自己的真實想法，看見我的動作，她忽然沉默了。

那不是言語遭打斷的沉默，而是更加意味深長、耐人尋味的沉默。

「啊啊……是這樣啊。」

最後，沁芷柔忽然笑了，笑得很輕很淡，卻又帶著我無法理解的幾絲澀然，那是在沁芷柔身上罕見的情緒。

「本小姐擊敗了風鈴……風鈴為你而犧牲，所以你想擊敗我來報仇，是嗎？」

我也陷入沉默。

「嗯，柳天雲，你出手吧……醜話說在前頭，這次人家可不會放水哦。」

她的腔調變得很不自然，說話的方式也不像平常的她。

我怔怔地望著沁芷柔，望著與平時相異的她。在見到她露出極為勉強的笑容的那一刻——就像一盆冷水當頭澆下那樣，我忽然明白了一切。

……我正面臨著抉擇。

在這個人人互相為敵的戰場中，就算是誤傷，沁芷柔解決掉風鈴其實是再正常不過的事。

也就是說，原本只會逃竄的我——若是此刻以替風鈴報仇的名義與沁芷柔對戰，就等於我偏袒了風鈴，會為了風鈴的逝去……進而無情地解決掉沁芷柔。

就某種層面來說，這已經不是單純的遊戲對戰。

而是兩名少女在我心中的重量，究竟會往哪一方傾斜的勝負。

因此看見我打算出手，領悟到其背後意義的沁芷柔，笑容裡才帶著隱晦的苦澀。

「……」

我依舊保持著舉起手，預備發招的姿勢。

沁芷柔凝視著我，一言不發。

無聲的沉默有時候勝過千言萬語，此時就是最好的寫照。

那沉默使我感到窒息，比起什麼都還要難受。

最後，我笑了。

偽裝出崑崙山仙人模式，我哈哈大笑。

「哈哈哈哈哈哈……哈哈哈哈哈哈哈……沁芷柔，妳……不是老夫的對手。解決掉現在的妳，太過無趣！去吧，擊敗場上所有的小嘍囉，成長到極致之後，站到老夫面前，那時的妳才有與老夫一較高下的資格！」

拋下場面話後，我倉促地逃離現場。

我確實逃跑了。

從兩個抉擇中逃跑，刻意裝出中二病的模樣，藉此來逃避現實。

我從小看漫畫時，總是會痛罵其中優柔寡斷的男主角……然而，就在剛剛那一瞬間，我才終於明白，哪怕是博得優柔寡斷的惡名，也比當心靈劊子手好上千倍萬倍。

這次沁芷柔沒有追逐我。

在我鼓起全身勇氣回頭觀望時，我看見沁芷柔的一雙鳳眼……帶著無法言喻的複雜，遙遙地凝望著我。

「……」

記憶中的情景猛然翻起……沁芷柔那複雜的表情，我似乎不是第一次見到。

在風鈴遭奪走的那一夜……於狂風暴雨中的教學廣場前，在我選擇接受幻櫻的開導時，始終悄立於雨中的沁芷柔……那時候的表情，與現在很像很像。

我不敢多看，從沁芷柔身上抽回視線，一邊用大笑掩飾自己的失態，一邊走遠。

不斷走遠……走遠……

再沒有回頭。

那之後，我遇見了雛雪。

雛雪根本不是輕小說作家，但由於這遊戲是全校師生一起參與的，因此她也被放了進來。

我遇見雛雪時，她穿著貓娘布偶裝，正小跑步逃跑。

兩個滿臉憤怒的男學生追在雛雪身後，不斷發射寫作氣泡球想擊敗她。

「寫作氣泡球．孤獨！」

「寫作氣泡球．驕傲！」

費了一番功夫後，我打敗那兩名追兵，救下了雛雪。

雛雪拍拍胸部，小小的臉蛋露出「好險」的表情。在稍作休息後，她用寫字向我解釋。

「謝謝你喵，前輩。那些人不知道為什麼好生氣，一直追著雛雪，我只不過在他們來搭訕時，寫了『沒有繪畫價值的醜惡事物走開』而已喵。」

……那樣子正常人都會生氣好嗎？我感到一陣無奈。

像是想起什麼，雛雪「啊」了一聲，又拿起筆在板子上寫字。

「學長不用擔心喵，你還是有繪畫價值的，雖然跟沁芷柔學姐她們比起來只有一點點喵。」

一點點嗎？真是謝謝妳哦！

「呃……雛雪，我有事想問妳。」

「什麼事喵？」

「為什麼妳寫字最後面都要加個『喵』呢？」

「因為雛雪現在穿著貓娘裝喵，貓娘的設定就是又騷又可愛，這是敬業的表現喵。」

雛雪的話忽然變得很多。

很久以後我才知道，原來這個悶騷繪師在兩人單獨相處的情況下，就會變得比原先更加口無遮攔。

「……」

我望了將板子抱在胸前的雛雪一眼，在我的保護下，她明顯安心下來。

這個戰鬥力破萬的繪畫怪人，論怪人戰力完全不在幻櫻或沁芷柔之下，而且貌似打從心底認為自己是正常的一方。

剛剛經歷與沁芷柔的一戰後，我感到胸口發悶。

為了擺脫那股發悶的情緒，我決定開雛雪一個小小的玩笑，藉此轉換心情。

於是，我裝出認真的模樣，淡淡開口：「在這裡，我們可是敵人。妳剛剛說我只有一點繪畫價值，妳知道會發生什麼事嗎？」

雛雪一聽，果然露出戒備的表情，趕緊後退兩大步。

在板子上唰唰唰地書寫後，雛雪將繪圖板轉向我。

「……會被學長你拖到陰暗的地方強暴喵？中●二十連發，直到雛雪變成學長的形狀為止喵。」

「才不是！變成形狀是什麼鬼啊！」

我被雛雪跳躍八百光年的想法嚇了一大跳，不禁大叫反駁。

眼前的少女，思想竟然如此糟糕。

「我說啊，妳……」

我正打算對雛雪做出抱怨，異變的情況卻中斷了我的話頭！

雛雪突然笑得很詭異。

她將整個身體向我貼來，露出討好、帶著魅惑的笑容。

「嘻嘻。但是呢，學長……如果只有五發左右的話，雛雪完全可以喵。」

這次的溝通，並不是用繪圖板寫字傳達，而是確確實實地由雛雪親口說出。

在聽到雛雪開口說話的瞬間——我感到心臟像是被人狠狠揍上一拳那樣，猛然收縮。

雛雪會開口說話，通常只有一種可能性——她變成第二人格了，超級痴女型態。

雛雪的左手五指張開，朝我比出一個「五」的手勢，愛心眸期待地閃閃發亮。

那愛心眸近看之下是帶著魔性的粉紅色，瞳孔深處彷彿漩渦般蘊含著強烈的吸引力，讓人移不開視線。

單獨面對這樣子的雛雪，總感覺氣氛變得很尷尬，內心深處有某處怪怪的。好強的魅惑性。

如果是在ＲＰＧ遊戲中的話，這傢伙肯定會被設定成魅魔吧。

「……」

我在雛雪的頭上敲了一下。

「好痛！學長怎麼打人家喵！」

「給我正常點。」

「人家很正常喵！」

「妳那快被慾望吞噬的表情，怎麼看都不正常。」

「只看表情來評斷一個人，學長真是一個過分的人喵。嘻嘻，學長你想想，今天如果有一個面惡心善的人，就這樣被陌生人否定，他是不是會很難過？說不定會難過到三天三夜吃不下飯哦。」

「呃，這個……」

變化成第二人格型態的雛雪，話變得很多。

但她的智商沒有因為變成痴女模式而下降，反而言詞更加鋒銳，舉例正中要害，我竟然一時不知道該怎麼反駁。

得不到答案的雛雪吸吮著手指，裝出可憐兮兮的模樣。

「還是說，學長比較喜歡沁芷柔學姐那樣子的，才拒絕了雛雪喵？」

「我沒這麼說。」

「或者風鈴那種大和撫子類型的女孩，才是學長的本命女友喵？」

「我也沒這麼說。」

「啊……雛雪明白了，學長的三個女朋友裡有兩個是巨乳，是喜歡巨乳對吧！雛雪的胸部也很大喔，要不要考慮一下雛雪喵？」

「別胡說八道了。」

「嗚嗚……學長好冷淡，難道說是在玩放置 Play 喵？」

在說到「雛雪的胸部也很大喔」這句話的時候，像是急於證明自己的話那樣，雛雪將布偶裝的領口拉開，彎下腰，向我展露深邃的乳溝，我不小心瞥了一眼。

……真的很大。

雖然被沁芷柔稱為貧乳，不過很明顯那是沁芷柔的標準太高。

以正常男性的角度來評判的話，雛雪無疑會被歸類在巨乳的範圍內。

雛雪穿著貓娘的布偶裝，原先連身帽沒有套上，我嘆了口氣，將她的帽子拉起來，輕輕拍了拍她的頭。

「不說這些了，我們走吧。」

「要把雛雪帶走了喵？雛雪變成學長的形狀也沒關係的哦哦哦哦哦哦！」

雛雪大概想歪了，頓時非常興奮。

其實我只是想找個女孩子，把雛雪變回無口的第一人格而已，她想像中的糟糕情節完全不會發生。

忍不住又嘆了一口氣，我深深覺得這位怪人社御用繪師的未來堪憂。

在這個戰場上，雛雪除了很會逃跑之外，幾乎沒有任何作用。

「嗚啊喵，學長你看，來了兩個一臉早洩的傢伙呢。」

「……」

收回前言。

她除了很會逃跑之外，還非常善於在三言兩語之間激怒敵人。

據她所說，這也是貓娘裝該有的敬業表現，因為野貓對於陌生人……本來就充滿戒備感與敵意。

而偏偏雛雪臉蛋俏麗，看起來一臉無辜，人又躲在我身後，所以那些怒火高漲的學生都朝我攻來，像是在遊戲大廳揍拳擊機的客人那樣，似乎恨不得在我身上代償所有怒氣。

在又擊敗了七個怒氣沖沖向我奔來的學生後，我感到有些疲倦。心靈上的那種。

「雛雪，我發現妳會施展一種魔法。」

「魔法？雛雪不會喵？」

「不，妳這不是很擅長嗎？激怒敵人、讓對方狂暴化的魔法！而且是零詠唱的高級技能！」

「喵哈哈哈哈……學長真會說笑，雛雪怎麼可能會魔法呢。」

「……」

「學長怎麼不說話喵？」

「……」

「學長究竟怎麼了喵？是慾求不滿產生的沉默期嗎？」

我感覺自己額際的青筋正微微跳動。

……更正前言，這傢伙激怒人的魔法，絕對是敵我皆傷的範圍技能，是吧？是吧！

因為雛雪的緣故，我們一路上遇到更多更難纏的敵人，蟻多咬死象，很快我就感到各項屬性能量開始枯竭——簡單來說，就是快要沒有「寫作氣泡球」的彈藥了。

在這個時候，雛雪在某個路邊攤有了新發現。

那是一家販賣泡芙的小店，位居不起眼的角落裡，店主是一個穿著紫羅蘭薄紗的輕熟女。

「色氣泡芙……？」

我念出該攤位販賣的東西，心裡頓時蒙上一層陰影。

跟雛雪走在一起，又碰上這種東西，怎麼想都很不妙啊。

雛雪嘗試著跟店主對話，紫羅蘭薄紗的輕熟女並不理睬，徹底把雛雪當成空氣。

後來雛雪把我也拖到攤位前，這才開啟對話流程。這NPC似乎只將商品販售給男性玩家。

「血氣方剛的小夥子唷，聽好了……」

輕熟女NPC捻起了一顆少女形狀的造型泡芙——不知為何讓我聯想起曼德拉草（註1），朝我露出媚笑。

「如果想要補充色氣屬性的話，這色氣泡芙，一顆可以支持你施放十次左右的寫作氣泡球。而我的販售要求也很簡單：尋找一名巨乳少女揉胸十秒，證明你的色氣之力，我就賣給你一顆，揉一百秒給你十顆。」

輕熟女NPC臉上的笑容不減。

明明是媚態十足的笑容，卻看得我眉頭大皺。

「……」

從剛剛開始就一直在旁聽的雛雪，將身軀轉向我，露出閃閃發亮的期待眼神。

「學長，這不是剛好喵？就用雛雪的身體來支付吧，我們買一百……不，買一千

註1　學名「Mandrake」，又名風茄、毒參茄。由於外型類似男人或女人，其根部長期用於巫術儀式。

顆下來！」

妳是想被揉一萬秒嗎！到底有多飢渴啊！

面對雛雪的提案，我哼了一聲，用力一拂想像中的袖子。

「我的姓氏……乃楊柳之柳！追本溯源，祖上更有名為柳下惠之人。柳下惠『坐懷不亂』的美名享譽千古！就算是為了補充寫作能量，如此趁人之危之事，我柳天雲豈能同意！」我怫然不悅。

「可是前輩，您的手已經握成爪狀、躍躍欲試了喵？」

「胡說八道！我哪有把手握成爪狀！」

「雛雪是指心中的那隻手哦。」

「到底誰的心中會長出一隻手啊！我是怪物嗎！」

如果說不想揉，其實是騙人的。

沒有一個正常男性會對美少女主動提出的揉胸要求感到反感。

但是這一路相處下來，我漸漸摸熟了雛雪第二人格的特質——以她變身後什麼都敢說的性格，日後如果在怪人社裡揭穿這件事，在充滿女性氣息的怪人社裡，我無疑會被當成色狼，聲望與地位從此急墜谷底。

雖然獨行俠並不太在乎虛妄的聲名，但隨時都被以看見蟑螂般的眼神打量，我想絕不會好受。

「學長，不然我們買一百顆喵？」

「……這不是幾顆的問題。」

「十顆？」

「就說了不是幾顆的問題！討價還價也沒有用！」

「嗚喵……」

許久之後，我們入手了五顆「色氣泡芙」。

在雛雪極端的吵鬧與疲勞轟炸下，我已經忘記究竟是怎麼入手的了，唯一還依稀存留於手上、無比淡薄的印象是……很大，而且很軟。

在更之後，我們一路走，一路打。

一路打，一路殺。

在遭遇了一支三十人規模的浩大獵隊後，我們寡不敵眾，只能逃跑……然而跑得比較慢的雛雪首先被送出戰場。

我在逃跑時倉促地抬頭觀望，在那包裹著雛雪的透明泡泡中……看了雛雪最後一眼。

雛雪在笑。

不知為何，她露出了不帶半點玩笑意味……與第二人格相悖、隨即隱沒的淡笑。

隨著生存時間拉長，幸運地找到「十連發氣泡球．技能書」與「十屬性能量補充包」寶箱後，漸漸地，我變得很強。

變得強大後，我找到那支三十個人的獵隊，清掃了他們，替雛雪報一箭之仇。

在這時，我記起了與沁芷柔的對戰約定，開始搜尋這位戰場中的宿敵。

我踏遍很多地方，遭遇很多人，參與很多戰場，然而……始終沒有再見到沁芷柔的身影。

一個小時過去。

兩個小時過去。

這時系統開始通報戰場上僅餘五十名玩家，要將我們的路線加緊收攏，進而加快分出勝負的速度。

不過……

事情的發展，還是超乎意料之外。

最終，在「輕小說之闇黑美食廟會」中，我沒能遇見沁芷柔。

後來我才知道，沁芷柔在與某個女學生的對戰中，隕落了。

那個擊敗沁芷柔的女學生，甚至連精英班成員都不是，寫作跟運動兩方面都不擅長。據她本人所說，她手忙腳亂地對沁芷柔發出攻擊後，意外地在亂戰中擊敗了對手。

事情的真相究竟如何，我想只有沁芷柔一個人明白……嗯，如果再加上我的話，或許要算成一個半。我只算半個。

然而，即使對一切心知肚明，也沒有絲毫作用。

爭強好勝的沁芷柔會甘於戰敗，勢必是她心中的某塊區域產生變化，動搖了她原先的信念。

最讓人意外的是，那個在我心目中堪稱無敵的幻櫻，也敗在某個默默無名的學生手上，這簡直是不可思議。

世界的發展像亂了套，強者紛紛退位，居於舞臺下的陰暗處，僅帶來風起雲湧的前奏浪潮，讓人感到不知所措。

總之，於「輕小說之闇黑美食廟會」的最終一戰，我碰見的敵人裡……沒有半個怪人社的成員。

在莊嚴的神廟，那雪白如銀的巨大前殿，來了七個聯手贏到最後的小隊成員。這些人都是幻櫻親衛隊的成員，對我同仇敵愾，七個戰我一個。

但這時候的我，已經很強。

不光是之前的兩個寶箱，我也得到與沁芷柔同樣的技能書，不斷激發身上的屬性，與他們打起了消耗戰。

經歷長期的砲火對轟，就在雙方的屬性快要用盡、努力搜索枯腸在想還有什麼屬性可以用時，我第一次嘗試使用「中二病」這個屬性。

「欸……？」

當時的我躲在前殿旁的一根柱子後，試圖發出「寫作氣泡球・中二病」時，卻呆住了。

「是Bug嗎？為何我有這麼多中二病能量？我明明沒有中二病啊！」

我在「中二病」一項的屬性能量，甚至超越了之前所有能量的總和。

對於這點，我百思不得其解，最後只能將其歸類為Bug，又或者系統給予孤獨王國大公爵的祝福。

仰賴著排山倒海般轟去的「寫作氣泡球・兩百倍中二病」、「寫作氣泡球・五百倍中二病」，我順利打倒了那七名學生，晉升為最終獲勝者，進入神廟的內殿。

神廟的內殿被一片雪銀色所籠罩，牆上的鏤空壁雕是雪銀色的，柱子是雪銀色的，地板亦是雪銀色的。在那一片白芒之中，看起來相當空曠的內殿，正中央有一根發光的圓柱體，「迷途瓢蟲」就飄浮在其中。

迷途瓢蟲，可以吸收心中的困惑，引領人去尋找解答的端倪。

我站在圓柱體前伸手一招，「迷途瓢蟲」自動飛到我的手上。仔細一看，那是一隻做得維妙維肖的機械小蟲。

拿到最終獎賞的瞬間，我忽然覺得有些不安。

……好像太過順利了。

……這隻迷途瓢蟲，可以為我做些什麼？

我本來想維持鎮定，手掌卻忍不住顫抖。

內心一直以來極力隱瞞的真相，在這一刻翻攪而出。

早該想到的。

我早該想到的，只是一直刻意欺瞞自己，就怕無法掩飾戰敗後的失落。

「迷途瓢蟲……可以吸收心中的困惑，引領人去尋找解答的端倪……」

我捧著瓢蟲，因為勝利果實來得太過突然感到茫然。

「晨曦就在C高中……大概藏身在精英班內……也就是說……

「也就是說，我或許可以藉由迷途瓢蟲，來找到晨曦本人。」

第七話　設定精研十餘年，穿戴死庫水重拾痴女修行

……有人曾說，弱小是凡人的原罪。

我想——能夠擺脫原罪的強者，或許正是因為他們能將力爭上游的意志化為鋒銳的刀，以斬除惑。斬斷迷惘，斬斷困境，斬出……屬於自身的道路來，才能擺脫碌碌無為，於原罪中浴火重生。

而屬於我柳天雲自身的道路，無疑為獨行俠之道。

無須他人的認同，醉心於自身的強大，以超越己身為目標——最終登上那不可及之高峰，佇立於巔頂而小天下，發出再無敵手之感嘆。

本該是如此的。

但是，我的獨行俠之道已經有些走偏。

獨行俠，是不能有夥伴的。

自從認同怪人社的成員是夥伴的那一瞬間起，猶如黑夜遭強光暈染，我往常引以為傲的獨行風範，已經不再純粹，混雜成前所未見的新型態。

「……零點一。」

某人的聲音，從我頭頂上方傳來。

「喂！零點一！」

我原本正在進行深度思考，這時忽然一隻手伸來，五指張開，揑住我的下半邊臉。

桓紫音老師以手掌抓住我的臉，強迫我轉頭朝她看去。她一對淡淡細細的眉毛皺得能夾死蚊子，似乎非常不爽。

一陣惱怒的咕噥聲後，桓紫音老師朝我露出尖銳的犬齒。

「汝好大的膽子，敢在高貴的吸血鬼皇女的課堂上發愣，當心吾取回對汝的恩賜之力，將汝打落闇黑深淵，遭那刑落之風折磨千千萬萬年！」

我向她道歉，頭上又被敲了一下。

「……」

這時正值早上十點左右，正是精英班的上課時間。

環顧四望，除了怪人社的成員之外，其餘十幾名精英班學生都在認真聽講。

藍藍路姊妹裡的姊姊——夜藍，看到我剛剛被敲頭，似乎覺得很好笑，掩著嘴露出笑容，但那雙笑意分明的眸子怎麼藏也藏不住。

「姊姊，我們不可以笑柳天雲大人……是也。」

「我、我哪有！」

「我們是雙胞胎，感受是相同的，其實我也覺得好笑，但為了顧及柳天雲大人的面子，我們只可以在心裡笑……是也。」

「哦哦，朝露好聰明！」

我一字不漏地將兩人的對話聽入耳中。

……這對蘿莉身型的劍士姊妹，這不是完全不給我面子嗎。在心裡笑，只會讓人覺得更難受吧！

這時距離「闇黑旋風祭司之王」的爭奪戰，已經過去兩天。

在遊戲結束後，我曾向桓紫音老師舉報遊戲出現 Bug，不知為何卻被投以同情的眼神。

舉報過程是這樣的：

「桓紫音老師，您設計的遊戲有問題。」

「一派胡言。」

由「零點一」所述說的話語，才剛出口不到零點一秒，就立刻被對方否定。

而且她的表情、語氣都非常自信，我原本興沖沖地想挑毛病的架勢頓時受阻。

她哼了一聲，主動提出反問。

「所以說，汝覺得哪裡有問題？」

「……在戰鬥中，我的中二病能量屬性源源不絕，根本用不完。」

「這不是很正常的事嗎？」

「哪裡正常了啊！就像老師您瘋狂打出『巨乳』屬性的寫作能量球一樣，那不是大違常理嗎？」

桓紫音老師一聽，忽然沉默，頭低了下去，臉孔被籠罩在陰影中。

「……」

「？」

「……」

「桓紫音老師？」

最後，桓紫音老師用完全迥異於往常的語氣，一邊說著「柳天雲同學，感謝你的回報與意見喔」這樣的話，一邊露出溫暖的笑容。

當下我雖然感到莫名其妙，不過其實有點高興，因為桓紫音很少叫我的本名。

只是那天放學後又發生了怪事。

不知為何，在怪人社裡的作業，唯獨我被增加了十倍。

在一天的課程結束後，我再次踏入怪人社。

由於之前才因為發呆被桓紫音老師捏臉，我不敢再遲到觸怒她（表面上是這樣，但強大的獨行俠無懼任何事物），所以提早了十分鐘出發，我是最早到的一個。

在等待其他人的閒暇時刻，我伸手朝懷裡摸去。

……制服胸前的口袋裡，藏著「迷途瓢蟲」。

說起來也真好笑。

我明明曾經拚盡一切努力去尋找晨曦，甚至不惜成為幻櫻的徒弟、遭一堆奇怪的攻略本戲耍——然而，於晨曦的線索近在咫尺的這時，卻又感到畏懼，遲遲無法跨出決斷的步伐。

如此猶豫……如此卻步不前，這並不像往常的我。

但是，正因為太過在乎晨曦，這些原本看來微不足道的心情，才會化為萬丈高牆阻在身前吧。

……我好想見晨曦。

好想找到她，親口對她說：現在的我不一樣了。

對她說：現在的我，不討好評審，不迎合他人，也能寫出很好的作品來。

還有對她說一句……遲了好多年的「對不起」。

「晨曦，藏身於文字後的妳……本人究竟是什麼模樣、什麼個性呢？」撫摸著迷途瓢蟲，我喃喃自語。

不過，文風雅致的晨曦本人，大概也會如春初盛開的鮮花那樣高潔、溫柔似水吧。

想到這裡，我不禁想起風鈴。

「風鈴……如果我沒猜錯，風鈴十有八九就是晨曦，只是鄰近真相後，我害怕了……不斷逃避著現實。或許入手迷途瓢蟲是個很好的契機，不需要由我本人鼓起勇氣詢問，只要讓瓢蟲半強迫性地替我找出答案……這樣就好。」

之前我從未想過，「膽小鬼」這個詞彙有一天會冠在我柳天雲的頭上。

但如今，在推開晨曦的身分大門前，確確實實、毋庸置疑地，我是天下第一的膽小鬼。

我剛思考到這裡，有人踏入社團教室的腳步聲，驚醒了我。那腳步聲很輕。

風鈴悄悄地走了進來，看見我後，露出開朗的微笑。

「前輩，午安！」

「啊啊……午安。」

進入怪人社後，風鈴的人群恐懼症似乎在一點一滴地好轉。

不過仔細想想，這也是很正常的事，C高中內最怪的人都聚集在這社團裡了，全體怪人的戰鬥力加起來恐怕突破五十萬。如果能夠等值換算成戰鬥力的話，我們在《七龍珠》裡也能成為一方高手吧？至少可以贏過最強地球人克林。

扯遠了。

也就是說，在一群怪人、整天做出怪人怪事的磨練下，風鈴的心理素質獲得了顯著的成長。

她開始不那麼容易緊張，也很喜歡笑，笑聲如銀鈴般清脆動聽。

現在，反而是我看見風鈴會感到不自在。

——妳究竟是不是晨曦？因為這樣子的念頭，總是會在我的腦海盤旋，囂張跋扈地霸占所有思緒。

風鈴在我旁邊的位子上坐下，乖巧地從手提袋裡拿出稿紙與參考用的輕小說放在桌上。

她東西還沒拿完，這時教室大門再次被拉開，又有一人走了進來。

「……？」

我跟風鈴的雙眼一起瞪大。

穿著死庫水泳衣的沁芷柔，像小偷那樣先探頭進教室左右張望，看見我們後似乎嚇了一跳，最後才扭扭捏捏地踏進來。

死庫水泳衣，通常為藍色，是日本學校的女生泳裝。它雖然不像比基尼那樣裸露程度超高，但在沾水浸溼以後，一體成型的布料緊貼身體曲線的景象根本色氣爆發，是男生上游泳課的強大動力之一。

在泳衣的襯托下，沁芷柔的身材曲線一覽無遺。她豐滿的胸部，將尼龍設計的死庫水高高撐起，雪白的側乳從肩帶下的縫隙露出。在死庫水的襯托下，少女胴體正散發出十足的青春氣息，如果此時真的是游泳課的話，游泳池外大概會擠滿全校的男生吧。

看見我們在打量她，沁芷柔微微臉紅，像是為了逃避尷尬般，她快速朝我們拋出問句。

「……雛雪來了嗎？」

「還沒有。」

在我回答的同時，我忽然感覺到風鈴的視線落在我身上，像是在觀察我的目光路徑。風鈴的視線彷彿會發出聲音，如果在漫畫中的話，就會出現「盯——」這樣的狀聲詞吧。

我、我可沒有一直盯著死庫水看喔！

當然，這句辯解出口反而著了痕跡，所以我只是努力地把視線停格在沁芷柔的臉上。

風鈴忽然露出思考的表情，將手指點在嘴唇上，發出一陣含糊不清的自語。

風鈴的自言自語，我只能稍微聽見一些。

「原來前輩……喜歡……那樣嗎？風鈴……也可以做到，可是好害羞……怎麼辦……」

她似乎正在進行無意義的煩惱。

無奈之下，我伸出手摸了摸風鈴的頭。

風鈴受到撫摸，像貓咪那樣露出舒服的表情。

不過，如果要論「進行無意義的煩惱」這點，站在門口的巨乳死庫水少女，似乎才是最厲害的人。

沁芷柔瞪了我們一眼，再次開口詢問。

她這次的態度不知為何變得凶巴巴的。

「蘿蔔天雲！所以說，雛雪到底什麼時候會來？」

「誰是蘿蔔啊！還有妳為什麼一直問雛雪來了沒？」

「因為她抄襲我，抄襲高貴、美麗、集上天恩寵於一身的本小姐！」

「啊？」

「沒聽清楚嗎？她抄襲高貴、美麗、集上天恩寵於一身的本小姐！」

「不，就算妳這麼強調了，從言語結構上來說，我就完全聽不懂。」

其實我從剛剛就一直在想「蘿蔔天雲」這稱呼是什麼意思，說到這裡後，我猛然領悟——那是「花心大蘿蔔」的「蘿蔔」吧!?

這傢伙竟然這樣叫我！

沁芷柔穿著游泳池畔常見的藍色防滑拖鞋，啪啪啪地踩著地板走進教室，拉過一張椅子，在我對面呈現反坐姿勢。她的雙臂交疊靠在椅背上，一雙修長的美腿，則被椅背從兩旁大大分開，誘惑性地呈現V字形。

她打量我一眼，轉過頭去朝風鈴說話。

「狐媚女，這蘿蔔天雲真的好笨，這樣子的人妳還要叫他前輩？」

「那個……學姐，不好意思……其實風鈴也聽不懂。」

「妳也聽不懂!?」沁芷柔震驚。

「你們到底為什麼聽不懂啊！事情不是明擺著的嗎！」

「……」

之後，過了五分鐘。

在一陣夾七夾八的言語大戰後，我們終於明白了沁芷柔的意思。

沁芷柔認為雛雪抄襲她。

準確來說，是抄襲「她這個人的設定」。

身為設定系少女，隨時能換裝、轉換成筆下輕小說的人物性格，沁芷柔一直認為這是她個人的專利。但在跟雛雪相處過後，她摸清了雛雪竟然也有扮演隨身動物裝的嗜好，像是穿著本人自稱又騷又可愛的貓娘裝時，說話結尾會帶「喵」。

雖然一個扮人，一個扮動物，但對於設定系少女來說，周遭出現同類似乎是完全不能容忍的事。

乍看之下沁芷柔在意的點很奇怪，不過從心理學的角度來說，我完全可以理解沁芷柔的想法。

舉個例子來說，就像在班級上，一個原本很會說笑話、也藉著笑話得到大家喜愛的學生，忽然在某天，發現有個同樣會說笑話的轉學生出現了，他當然會備感威脅。

簡單來說，這種情況下會感到不安，只是出於「害怕自己的地位被取代」，這樣子單純的心理狀態而已。

——所以今天，沁芷柔穿著死庫水泳裝出現，打算向雛雪宣告自己身為「設定系少女」的主權。

見我們花了好久才弄懂，沁芷柔嘆氣。

「你們終於明白了嗎？唉，狐媚女，妳果然是屬於胸大無腦的那類人。而且胸也沒有我大。」

「風、風鈴才沒有胸大無腦呢！」

不過，沁芷柔竟然會對雛雪的動物系設定產生類似吃醋的想法，這讓我忍不住起了感慨。

……果然。

果然，就這方面來說，成為獨行俠的人、或是嚮往成為獨行俠的人，才是最強的。

因為只有獨行俠，絕對不會產生對同類的嫉妒。

獨行俠唯一能比較的，就是誰的朋友更少，誰的孤獨之力更加強大，這種會被一般人投以同情目光的事蹟……哪怕獨行俠本身再怎麼享受孤獨，也不會將這點引以為傲。

「……竟然叫我跑腿……沁芷柔那傢伙，就算解釋到口渴，也不能把我踢出教

室，叫我一個人來買吧……這裡是一樓耶。」

我抱著從自動販賣機中「匡啷匡啷」落下的好幾罐冰鎮運動飲料（晶星人給予的物資，之前一直缺貨，最近才有得買），腳步緩慢地走回怪人社。

在我買好回到教室後，剛站到社團教室門口，就聽見裡面傳來一陣吵鬧聲。

「雛雪到底哪裡得罪了學姐喵？學姐為什麼一直瞪我喵？」

「……妳太騷了。狐媚女雖然又騷又愛勾引男人，不過不會像妳這樣搔首弄姿，一副『來上我吧』的飢渴模樣。」

「那、那個，風鈴才沒……」

「狐媚女！妳先不要插嘴！」

「嗚嗚……」

「所以喵？學姐到底有什麼事喵？」

「我現在穿著死庫水泳裝。」

「所以喵？」

「雖然本小姐骨子裡是個非常清純的人，不過要比角色設定上的騷，我絕不會輸給任何人。」

「所以喵？」

「妳這傢伙是在挑釁我嗎，一樣的話要重複幾次！」

「雛雪沒有這樣想。」

「我這樣說吧，看到我這泳裝了吧。本小姐現在的設定是『在游泳部擔任經理，喜歡偷看學弟洗澡的色色學姐』，身持這麼強大的設定，妳還怎麼跟我鬥？」

「……真不夠力的設定喵。」

「誰的設定不夠力！」

「如果是雛雪的話，會把角色設定成『在游泳部擔任經理，喜歡幫學弟處理性慾的色色學姐』哦。」

「妳……妳簡直不知羞恥！」

「剛剛學姐不是說要比騷喵？」

「那、那好！本小姐要改設定，現在的我設定是──『在游泳部擔任經理，一天幫十個學弟處理性慾的色色學姐』！」

「雖然雛雪沒有性經驗，不過如果是雛雪的話，可以讓十個學弟同時上我喵。怎麼樣，還想比嗎？」

聽到這裡後，教室裡忽然沉默了。

從雙方的氣勢變化中可以得知，沁芷柔在這場「騷度對決」中處於下風。

比起只知照本宣科、單純增加學弟數量的沁芷柔，勇於突破常人概念的雛雪顯然技高一籌。

我不需要打開門板，也可以想像出沁芷柔面色鐵青、努力在思索怎麼用「騷度」贏過對方、又不會讓自己像個變態的方法。

十秒鐘過去。

二十秒鐘過去。

被壓抑到堪稱恐怖的沉默，瀰漫在四周。

三十秒鐘過去。

四十秒鐘過去。

一分鐘過去。

「呃啊——」

終於，像是壓抑百年的火山一口氣爆發出來那樣，沁芷柔發出像是野獸受到重創、又被逼到絕處的高喊聲。

「本小姐可以讓一百個男生同時上我而且每個都服務周到想來幾次就來幾次騷到骨子裡飄飄欲仙超級舒暢徹底榨乾射到◯盡人亡為止！」

中間毫無停頓、一口氣說完這番話的沁芷柔，用力地呼呼喘氣。

教室內，迎來一陣真正的沉默。

就在這時，一隻手自我的身後伸來。

那隻手，從我的脅下穿過，探入教室大門的孔洞中，將大門拉開。

「……」

站在我身後的人，是桓紫音老師。

而教室內，沁芷柔、雛雪、風鈴、幻櫻，其中三個人怔怔地望著站在門外的我們兩人。

沁芷柔盯著我，臉紅到像要滴出血來，結結巴巴地開口問話：「柳、柳、柳、柳、柳、柳、柳天雲，你、你有聽到嗎？」

她的眼神十分迫切，甚至近乎渴望。

似乎，沁芷柔渴望著我沒有聽到那一切，剛剛那番話只是四個女生之間的小祕密。

面對她那迫切到近乎哀求的眼神，我感到說謊的難度比平常提高了一萬倍。

於是，為了不露出破綻，我將視線投向空處，試圖掩飾。

「……我沒聽到。」

我話剛出口，忽然一隻手搭上我的肩膀。

站在我身後的桓紫音老師，義正辭嚴地出言糾正我。

「零點一，吾身為表面上人類世界的師長，有義務教導汝誠實的美德。吾站在你身後都聽得一清二楚，那句話是『本小姐可以讓一百個男生』……」

「嗚啊啊啊啊啊啊啊啊啊——不要重複啊啊啊啊啊啊啊啊啊——」

像是要揮去我們的聲音那樣，臉紅到像是要燒起來的沁芷柔，雙手在空中一陣亂揮，看起來十分手忙腳亂。

但堅持「誠實的美德」的桓紫音老師，還是紮紮實實地把每個字都重複了一次。

最後，一邊發出「哇啊啊啊啊啊啊啊啊啊啊啊——」的哭喊聲，沁芷柔穿著死庫水跑出教室，身影迅速遠去，不知道跑去哪裡逃避現實。

桓紫音老師進入教室後，站在講臺上下評語。

「真是個喜歡自爆的怪人呢。」

雛雪、幻櫻等人一起點頭。

「卑微的闇黑微生物——零點一哦，汝去把乳牛找回來。」

「啊？為什麼是我？」

「廢話，社團活動剛要開始，少了一個學生怎麼可以!?」

「……」

半個小時後，我在頂樓的天臺上，找到了蹲在角落裡、嘴巴微張發愣、眼神空洞無比的沁芷柔。

再更之後，沁芷柔回過神來，我因為被逼問「有沒有聽到那些話」被揍了好幾拳。

揉著身上的痛處，在腥鹹的海風中，我躺在地板上若有所悟：

……或許，如果我的目標不是成為獨行俠之王，而是成為「衰鬼之王」的話，現在就可以達成目標吧。

「給我從腦海裡刪掉記憶！本小姐才不是你想像中的那種騷貨！」

……挑起這場比賽的，不就是妳嗎？

耳聽羞憤無比的沁芷柔說著無理的話，我不禁發出長長的嘆息聲。

第八話　平凡少女造就音域最強

某天放學後，我、幻櫻、雛雪、風鈴、沁芷柔，所有怪人社的社員在社團教室裡會合，等待桓紫音老師的到來。

沁芷柔穿著女僕裝（今天忽然冒出的新設定，家事流女僕），正拿著茶壺替所有人倒茶。

「主人，您的茶來了。」

帶著家事流女僕特有的溫柔表情，沁芷柔走到幻櫻的身旁，在她的桌上擺上茶杯，傾斜茶壺開始倒茶。

隨著茶壺發出「咕嘟咕嘟」的聲響，幻櫻面前的茶杯被注滿了。

……老實說有點意外。

沒想到一點也不溫柔的沁芷柔，扮起溫柔的設定來，還挺有模有樣的。

替幻櫻倒完茶後，沁芷柔又走到風鈴身旁，放下杯子。

「主人，您的茶來了。」

風鈴面前的茶杯被倒得非常滿，水面甚至已經稍微高出杯口，想要端起飲用的難度非常高……如果想要不依賴器具、又不讓茶灑出的話，大概只能低下頭去先啜飲一口吧。

想到這裡，我微微一驚，忽然瞭解沁芷柔這麼做的用意。

「——狐媚女，在高貴的本小姐前低下頭，像僕人那樣卑微、臣服地啜飲我給予的恩賜吧！」

沁芷柔的臉上依舊掛著家事流女僕的溫暖微笑，不過她的眼神卻洩漏出這樣子的訊息。

沁芷柔盯著風鈴，風鈴亦回望沁芷柔。

「咦……？」

風鈴遲疑了。

最後風鈴露出很勉強的笑容，跟沁芷柔說茶太燙了，等一下再喝，藉此逃避尷尬。

沁芷柔似乎是因為看不到理想中的臣服場景，哼了一聲，最後走到雛雪那邊。

雛雪安靜地低頭畫畫，現在的她是無口人格。

而沁芷柔像是變魔術那樣，迅速地拿出一大堆茶杯，在雛雪的桌子上疊成塔狀，最後將茶水從最上面的杯子大量傾倒而下，讓茶水沿著一個又一個杯子挨個流滿。

在茶水塔完成後，沁芷柔彷彿完成了什麼壯舉般，呼出一口氣。

原本專注畫畫的雛雪抬頭後發現茶水塔，嚇了一跳。她將繪圖板轉過來，上面寫著「學姐，這是？」示意詢問。

沁芷柔不理雛雪，在又沖了一泡新的茶水後，提著茶壺向我走來。

「……」

等等。

看完剛剛沁芷柔一連串的舉動後，我能夠明白其背後代表的意義。

先是普通的倒茶（幻櫻），再來是差點滿出的茶杯（風鈴），最後是茶水塔（雛雪）。

——這根本不是什麼家事流女僕的侍奉，而是依沁芷柔對目標的看法，來決定待遇的好感度大冒險！

而現在，沁芷柔向我走來，我的眼前忽然浮現被茶壺當頭砸下的恐怖景象。

她的腳步很快，眼看就要走到我旁邊。

「先、先等等！別過來！」

我有點緊張，伸出手掌示意沁芷柔停下腳步。

被阻擋後，沁芷柔「啊」了一聲，露出不符合家事流女僕設定的不滿眼神。

「那個……怎麼說？我不太喝茶。」

「……你可以先放著，等想喝再喝。」

沁芷柔瞪我。

為了生命著想，我陪笑。

「不不不，茶放涼不就變難喝了嗎？哈哈哈……」

「柳天雲，你好煩人。」

最後沁芷柔還是替我倒茶了。

她滑嫩的側臉，在倒茶時表情十分用心，有種專注的美感。

「……」

在替我倒了一杯八分滿的茶後，沁芷柔安靜地離開了。

……什麼事也沒發生。

有一句話，叫做反常必為妖。

又有一句話，叫做暴風雨前的寧靜。

——正因為如此，我反而更感畏懼！

這就像一支敢死隊突襲敵人的大本營時，只看到營帳與明晃晃的火把，敵人卻一個也不見蹤跡。那種不安與詭異足以讓最勇敢的戰士渾身冒起雞皮疙瘩！

在一杯茶帶來的恐懼中，我小心翼翼地端起面前的茶杯，將幾滴茶水倒在桌上。

「竟然沒有腐蝕出幾個洞來！」

一見之下，我更是驚異。

「還是說，這是跟唾液接觸就會產生爆炸的化學藥劑？」

沁芷柔的話聲從遠處傳來。

「柳天雲！你繼續在那邊竊竊私語，本小姐就揍你！」

……好歹也叫聲主人吧。還有妳的家事流女僕設定呢，不要隨便拋棄啊！

過了五分鐘，在我開始喝那杯茶時，桓紫音老師終於姍姍來遲。

她手裡拿著一臺手掌大小的方形機器，乍看之下有點像智慧型手機。

以雙手支撐，「嘿唷」一聲跳躍坐上講臺的桓紫音老師，朝我們高舉手中的機器。

「闇黑眷屬們唷！為了準備與B高中的決戰，汝等必須使用這個名為『輕小說動畫製造機』的東西。」

雛雪眨眨眼，舉起寫著「那是什麼？」的板子。

「吾剛剛已經說了，這是輕小說動畫製造機。」

「所以說，這機器對我們有什麼用呢？」

「呼呼呼……闇黑繪圖師，告訴汝吧，這機器顧名思義，可以用來製造動畫！只要放入輕小說，就會將其動畫化後投映出來！」

聽到這，我不禁提出疑問。

「觀看動畫對於輕小說的撰寫非常有幫助，這是毫無疑問的事。不過，為什麼現在才拿出這道具呢？」

「零點一，汝真是愚蠢，果然只有零點一級的思考能力。」

「什麼啊？」

「這不是明擺著的嗎，因為怪人社現在有了雛雪！這機器必須由插畫家等級的繪圖高手來使用，藉由消耗該畫家的繪畫能量，才可以放映出動畫。」

原來如此。

確實，在雛雪尚未加入前，怪人社裡面沒有插畫家等級的繪圖高手。

說到插畫家，晶星人還沒有降臨時，我常常在網路上關注一個名為手刀葉的插畫家的繪圖專頁，只是後來因為沒有網路，就沒辦法再查看手刀葉的近況。

「首席大尊爵黑暗爆破騎士，吾命令汝現在上繳今天在精英班寫的作業，然後讓雛雪替汝動畫化！」

聽到「首席大尊爵黑暗爆破騎士」這個稱號，風鈴露出很勉強的笑容。

……稱號真的越來越中二了啊，每次只要風鈴有了好的表現，桓紫音老師就會隨興地替她加官晉爵，導致現在中二名諱越來越長。

順帶一提，與小秀策決戰過後，風鈴在校內排行榜依舊保持第一，我是第二，沁芷柔第三，幻櫻第十九。

當初「先聲奪人之戰」，小秀策占了環境優勢，如果單純比較寫作能力，風鈴其實不輸小秀策。

而且，彷彿與小秀策一戰的敗北刺激了風鈴的求勝心，她的寫作實力，最近正以驚人的幅度在成長，甚至還被桓紫音老師頒發了「怪人社進步獎」。（怪人社進步獎的獎賞：可以單獨聆聽桓紫音老師親自講解闇之維希爾特一族過去的榮光。）

正因為風鈴是校內第一，所以在使用新機器時，桓紫音老師才打算使用風鈴的作品吧。

風鈴從小包包裡拿出一疊稿紙，那是她今天在精英班裡寫的作品《音域少女》。像手機似的機器被雛雪拿著，機器很快發出一陣光芒籠罩了《音域少女》的稿紙，接著像投影機似的，將動畫影像投射到教室的牆壁上。

「零點一，去把窗簾跟電燈關上。」

在窗簾跟電燈都關閉後，教室內陷入一片黑暗，唯一的光源就是輕小說動畫製造機所投射出來的繽紛影像，讓人產生在電影院看動畫的錯覺。

我一邊喝茶，一邊觀看《音域少女》的動畫。

在動畫播放片頭曲時，風鈴向我們簡略介紹這部作品的主角。

原來《音域少女》的主角，是一個名為梁心蕊的高中生。

心蕊喜歡唱歌與彈鋼琴，是個不折不扣的音樂系少女。

由再嚴格的人來評論，也能以美少女三字稱之的心蕊——滑順的粉紅色頭髮以毛球綁成雙馬尾造型，圓潤的小臉蛋帶著低於實際年齡的稚氣，嬌小的體型看上去有種軟綿綿的感覺——卻有幾個小祕密。

小祕密就是——乍看之下，心蕊害羞內向，在不熟的人面前乖巧聽話，實際上卻是個悶騷少女。

她還有強烈的整理癖，像是鈔票都要把國父放在同一邊，電腦上的文件要按顏色分類，就算花上半天時間整理也在所不惜，常讓知情的人哭笑不得。

這時候動畫片頭曲播完，終於進入正片。

動畫第一幕場景，是一大堆車輪餅包圍了心蕊，使她徜徉於車輪餅構成的世界中。她在大聲歡呼中不停地划動手臂，在車輪餅海裡面游泳。

「好棒！最喜歡車輪餅了，車輪餅萬歲！」

在心蕊露出陶醉的表情時，巨大的噪音忽然在整個車輪餅世界裡響起，讓心蕊嚇了一跳，差點被車輪餅給噎到。

片刻後，場景轉換，現實世界中的心蕊從床上驚醒，睡眼惺忪地按掉鬧鐘。

「……」

心蕊醒來後，第一件事是為那些車輪餅感到惋惜。

「原來如此，我來到沒有車輪餅的世界線……了嗎？」

以戟張的五指按住臉，指縫中透出蕭索的眼神，心蕊語氣凝重地自言自語。

看到這裡，我搓了搓下巴，忍不住發表感言。

「……剛醒來就在裝模作樣，這傢伙該不會是中二病吧？」

我語聲剛落，沁芷柔、幻櫻、雛雪忽然轉頭向我看來，紛紛開口說話。

「……別自曝其短啊，柳天雲，這樣子很可憐的。」

「呼嗯，弟子一號，原來你知道這是中二病嗎？」

「咦，原來學長也有自知之明@@。」

雛雪竟然還在繪圖板上畫了裝可愛的表情符號，但是語氣一點也不可愛。

接收她們的評論後，我哼了一聲。

這些沒有資格被稱為獨行俠、空有美貌跟身材的傢伙，怎麼可能會理解我柳天雲。

所以即使被批評，我心靈上的血量也完全不會受到削減，哈哈哈哈哈……哈哈哈哈哈……

「好！心蕊要加油，今天也是充滿元氣的一天！」

賴床的她花了半小時從床上爬起後，已經快遲到了。

心蕊手忙腳亂地下床盥洗，過程中，從她跟母親的交談可以得知，原來今天是心蕊的高中——K高中的新生入學日。

身為新生的心蕊，在第一天就差點遲到，怎麼看都不是個好的開始。

不過，在開學第一天遲到，是轉職為獨行俠職業的分歧點之一，所以就某個層面來說，她已經踏上了通往天下無敵之路的捷徑。

……扯遠了，還是繼續看動畫吧。

「嗚咿——要遲到了、要遲到了！」

嘴裡咬著一片吐司，急急忙忙衝往學校的心蕊，在路上撞倒了一個學姐，兩名少女都往後跌坐在地上，心蕊發出「痛痛痛……」的咕噥聲。

像是憶起過去的事情那樣，沁芷柔忽然看了我一眼，我裝作沒發現。

被心蕊撞倒的是擁有一頭黑長直的美少女學姐，一副高冷傲然的模樣。她率先從地上站了起來，拍拍裙子上的灰塵。

她也沒有扶起學妹的意思，微彎著腰，就這麼居高臨下地盯著心蕊。

「我說啊，妳這傢伙。」

「嗚咿？」

心蕊看到陌生人有些膽怯，發出奇怪的回話聲。

學姐的眼神更冷了。

「咬著吐司假裝遲到，妄想在轉角處撞到超級多金的帥氣男生，妳是在期待這種不切實際的展開吧？」

「那、那個，心蕊沒……」

「別說了！」

「嗚咿？」

被無情打斷說話的心蕊，坐在地上肩膀一縮，人看起來更小隻了。

「……總之，妳還是去做點有意義的事吧，別在這裡蹉跎光陰，沉浸於無謂的幻想中。」

說完話後，黑長直學姐高姿態地轉過身，踩著學校皮鞋，就這麼離開了，甚至連名字都沒留。

「**啊啊啊啊啊……啊啊啊啊啊啊啊啊啊啊啊啊啊啊啊啊啊啊**——」

動畫播到這裡，教室內忽然響起了音量巨大、聽起來心靈血量近乎歸零的大叫聲。

聲音的來源卻不是來自螢幕內的心蕊，而是身為觀眾的……沁芷柔？

「狐——媚——女——!!」

發出無比氣憤的叫喊聲，沁芷柔霍地站起身，走到風鈴的座位旁，纖細的手臂伸出、一左一右地扣住椅子，將風鈴夾在雙臂內側。

風鈴露出不知所措的表情。

「給本小姐聽好了，咬著吐司在轉角處撞到白馬王子，然後展開背景充滿粉紅色愛心泡泡的邂逅，這是必然、不可少、絕對要有的神聖展開。故事裡那黑髮 Bitch 將如此神聖的行為批評得一文不值，這是怎麼回事!!」

以強烈的譴責語氣，沁芷柔劈里啪啦、一口氣說了一大串話。

她一邊說，像壁咚般雙臂夾人的姿勢更加傾斜，彷彿是要強調自己的氣勢那樣，臉孔乃至身體都不斷地朝風鈴壓近。

「那個……月乃不是 Bitch 喔……她其實是個很好的女孩子，只是不喜歡說實話……」風鈴怯生生地回話。

而氣勢逼人的沁芷柔，以加倍的壓迫感，繼續朝風鈴施壓。

「竟然敢背棄如此崇高、不可褻瀆的咬吐司撞人傳統，動畫裡那婊子畢竟是妳創造的，該不會妳本人其實也這樣想吧？」

「風、風鈴沒有……」

一個坐在椅子上，一個彎腰椅咚，沁芷柔跟風鈴兩人之間雖然還有一段距離，但因為兩個人的胸前都非常豐滿，所以軟綿綿的胸部要比其他部位都更早接觸，有些互相擠壓變形。

「……」

看見她們的情況，雛雪明顯興奮起來，拿起畫板對著她們開始素描。

……這傢伙果然男女通吃啊。

而桓紫音老師的眉頭皺了起來，盯著兩名少女，神色不善。

「首席大尊爵黑暗爆破騎士、黑暗乳牛，汝等明天的作業量加倍。」

「咦——？」

「欸？」

桓紫音老師下達的處罰，讓風鈴跟沁芷柔都發出驚叫聲，畢竟作業量加倍可不是鬧著玩的。

怪人社的成員大部分都是怪人，常常因為看法不同而吵鬧起來，但這還是首次因為在課堂上爭執而被處罰。

……我思考了一下其背後的原因。

與B高中的戰事已經臨近，想必桓紫音老師是發揮出了為人師長的寬廣胸襟，不惜扮演惡人，也想提升大家的學習效率……才會變得如此嚴厲吧。

明白了真相後，我不禁有些感動，轉頭朝桓紫音老師看去。

——然後看見桓紫音老師按著自己的胸口，盯著沁芷柔跟風鈴，發出「哼」的一聲。

……收回前言。

妳這傢伙從各種意義上來說，心胸都相當狹窄啊。

唯一認同這做法的人，似乎只有待在教室角落的幻櫻，她交叉著雙腿，讚許地點了點頭。

就在將目光落到幻櫻身上的瞬間，我忽然一滯。

這瞬間，我心裡忽然閃過一個奇怪的想法：幻櫻的身影似乎正在怪人社裡逐漸淡去，剛開始加入社團時擁有強烈存在感的她，慢慢縮入了陰影中，不再受任何人注目……存在感就像乾去的水窪那樣，漸漸見底。

面對這種異常情形，我的內心隱隱感到不安。

對了……

好奇怪啊，為什麼怪人社的眾人在說話時……幻櫻總是很少參與其中？是身為天才詐欺師的尊高，讓她不屑參與嗎？還是……

在一陣喧鬧後，怪人社眾人終於繼續欣賞動畫。

心蕊跟黑長直學姐——月乃，兩人的誤會慢慢冰釋了。原來月乃其實是個刀子嘴豆腐心的好人，只是因為一些痛苦的經歷，造就了現在的冷淡個性。

最後心蕊加入了月乃學姐面臨解散危機的社團，輕音社。

輕音社創社已經有三十年歷史，但隨著願意學習音樂的學生日漸稀少，慢慢式微，最後甚至只剩下月乃學姐一人。

按照K高中的規定，社團必須要有五人以上才能成立，少於這個人數就會被迫解散。輕音社即使在心蕊加入後，一共也才兩人，情況依舊十分嚴峻。

在飾演惡人派系的學生會長來下達「解散日期倒數十天」的最後通牒後，心蕊跟月乃為了湊齊最後三名成員，開始在校園內四處奔波遊走，試圖守護輕音社。

她們花了三天的時間，挽回了因失戀而退出社團的前吉他手，小萌。

又花了兩天的時間，說服尚未加入任何社團的新秀鼓手，長澤琇。

但在時間剩下一半——想挽回最後一人、擁有高傲大小姐性格的前伴奏——芷兒時，則碰到了前所未有的難題。

將頭髮燙成微微波浪捲的芷兒，是個金髮巨乳的美少女，家裡非常有錢，是標準的大小姐。她在跟別人說話時，總是一副鄙夷的語氣。

「哈？本小姐為什麼非得回去輕音社不可啊？我早就受夠輕音社了，又熱又狹小，連冷氣都沒有，總是一邊流汗一邊練習，我才不要回去。」

面對別人的拜託時，芷兒的說話語氣，說實在的，跟怪人社裡面的某個人很像，而且外表也有點近似。

沁芷柔盯著螢幕內的芷兒，皺起眉頭，轉頭詢問風鈴。

「狐媚女，這傢伙最後會選擇回到輕音社去吧？」

「咦？會、會哦！」

面對沁芷柔出乎意料的詢問，風鈴做出回答。

沁芷柔點點頭。

「會的話就好，背棄夥伴的傢伙不可原諒，就算長得再可愛也是。」

……沁芷柔竟然做出如此正義感十足的發言，讓我不禁對她有些改觀。沒想到這傢伙除了長相漂亮、寫作厲害，還有其他可取之處。

在我思考時，動畫裡的配音臺詞仍不斷傳出。

「芷兒學姐，拜託妳！回到輕音社吧！」

「我也拜託妳了！」

「……煩死了，本小姐不是說過不想嗎！」

一次又一次地懇求。

一回又一回地拜託。

在心蕊、月乃、小萌、長澤琇四人多番奔波下，最後終於讓芷兒回心轉意，回到了輕音社。

湊齊五人的輕音社，終於避免了解散的危機。

然而狡猾的學生會長依然不肯放過輕音社，她進一步提出要輕音社在校誕慶典中舉行社團演出的要求，證明她們並非單純湊人數、掛名的幽靈社團，才會正式承認輕音社的存在，並提撥社團經費給輕音社。

距離校誕慶典還有三個月，這段期間內，輕音社的眾人展開了密集的訓練，以努力灌溉出成果，揮灑青春的汗水，最後在緊張的氣氛中，歷經多番劫難才站到舞臺上的五人，終於開始了演奏。

月乃是電貝斯手，長澤琇是鼓手，小萌是電吉他手，芷兒是第二電吉他手。關鍵的主唱，則由心蕊擔任。

平常迷迷糊糊又有些內向害羞的心蕊，在即將站上舞臺的時候，從幕後偷看那幾千名學生觀眾，全身都在顫抖。

發現了心蕊的膽怯，夥伴們紛紛鼓勵她。

「……加油。」

「嗯！我們要加油！」

「啊啊……本小姐都陪妳們站在這裡了，妳們還擔心些什麼？」

來自夥伴的支持，讓心蕊感到勇氣百倍，最後毅然踏上了舞臺，開始演唱。

面對那黑壓壓的群眾，五人在這一刻，將數個月以來苦練的歌曲演奏而出。

如同在指尖上跳舞的妖精，輕快的樂聲頓時流瀉在整座禮堂大廳內。

《戀愛☆病識感》

聽口令開始演習　要強奪所有目光最高機密

即席演出對手戲　誰在意劇本多荒誕不經
腦袋它　太過僵化　面對難題就舉雙手投降
Don't give up　我最知道
你心靈的力量

看你清澈的眼睛　倒映小小的猶豫
竟敢不領情愛神的美意
向平淡無奇夢境　投注一些想像力
繆思就在這裡
從魔界祭典逃離　到妖精之原小憩
命運早寫明我們的相聚
想點亮這雙眼睛　解開心動的祕密
好填滿我的心

Try and think
Try and think
別怕被說有病

瞧你腦中的烏雲　籠罩住晴空熱情默默無語
常識在這不通行　解放拘束器為神來一筆

世界它　太過貧乏　呼之欲出的聲音誰聽到
Don’t give up　我最明瞭
你心靈的魔法

用幻想做為武器　消滅現實的空虛
竟敢說我的狂想太有病
是因為注視著你　那雙清澈的眼睛
無法隱藏祕密
心跳加速的場景　為何遺忘了約定
命運愛戲弄我們的相遇
為心中那份憧憬　繫上牽絆的標記
好閱讀你的心

Look at me
Look at me

施一道魔法　治癒我紊亂的心
Look at me
Look at me
我甜蜜的真心　發現了嗎

看你清澈的眼睛　倒映小小的猶豫
竟敢不領情愛神的美意
向平淡無奇夢境　投注一些想像力
繆思就在這裡
從魔界祭典逃離　到妖精之原小憩
命運早寫明我們的相聚
想點亮這雙眼睛　解開心動的祕密
好填滿我的心

演出結束後，全場歡聲雷動。

動畫的最後一幕，如同人們記憶中的煙火，永遠停在升到最高點的絢麗瞬間那樣……在演出成功後，月乃、小萌、芷兒、心蕊、長澤琇等五名少女朝著舞臺下的觀眾們深深一鞠躬，最後相視一笑，故事就在五人的燦爛笑容中落下帷幕。

「……」

動畫結束了，開始播放片尾曲。

片尾曲還有一些月乃跟小萌等人在演唱會結束之後的日常，大部分都是待在社團教室裡吃吃喝喝的畫面，還有學生會長詭計無法得逞的失落，讓從頭至尾都為社團解散懸起一顆心的觀眾，得到充分的放鬆。

在片尾曲也結束後，桓紫音老師開始講解這部動畫作品。

「黑暗騎士寫的這部《音域少女》，動畫化之後是一部成功的作品。」

她讚許地一點頭。

「動畫內，月乃、小萌、芷兒、心蕊、長澤琇，每個人都有屬於自己的故事，都有屬於自己接觸音樂的理由。

「而整部作品最困難的部分，無疑是挽回大小姐芷兒的劇情，她們費盡了心力，不放棄任何可能性，只因為相信芷兒真心喜歡音樂，所以鍥而不捨地不斷努力，只為了尋回昔日的夥伴。

「如果她們因為害怕與芷兒接觸而卻步不前，那輕音社在她們放棄的那一刻，社團歷史就會劃上終結。」

最後，她朗聲總結：「所以說，不要輕言放棄。哪怕在人生中也是……汝等聽好了，對於真心想挽回的目標，絕對不要輕言放棄。」

對於真心想挽回的目標，絕對不要輕言放棄……嗎？

桓紫音老師的話語傳入耳中，讓我一時有些茫然。

我的手，不禁探向放在胸前口袋的「迷途瓢蟲」。

……好熾熱。

「……」

從來沒有一刻，我覺得「迷途瓢蟲」如此燙手。

距離與B高中的決戰，還有一個禮拜。

某天的夜晚，我獨自坐在餐廳前方的涼亭中，獨自思考著事情。

現在已經是九月下旬，接近秋天的此刻，夏季的尾端也快要溜過，夜晚的空氣相當涼爽。

趴在冰涼的石桌上，我將臉孔埋進臂彎，很想就這樣不斷逃避現實。

「……晨曦。晨曦……妳究竟是誰……妳究竟在哪裡……妳還記得我們當年的比賽嗎？還是早已忘記一切，連布滿灰塵的記憶角落，都沒有我柳天雲的身影……」

在極端的懊悔中，晨曦那高雅秀潔的筆風，同時亦使我產生無比的渴望，因為我好想再看看她寫的作品。

看一看，我們與當年相比，是不是彼此都有些不同了。

「……」

胸前有些搔癢。

機器製成的「迷途瓢蟲」恍若聽見了我的疑問，想做出解答那樣，正微微搧動著翅膀。

思緒頗為混亂。

但是在那份混亂中，有一道聲音卻始終清晰。

那聲音彷彿穿越了無數時光，鏽跡斑斑，充滿了陳舊感。

「好多年過去了，在比賽中，你成長得好快。」

「不過……我看得出來，你的文章漸漸充滿了匠氣，變得俗氣，變得……為贏而寫，而不是為了自己而寫。」

「這樣的你……不夠真實，不是真正的你。」

「不討好評審，不迎合他人，希望下一次，你能為了自己而寫……為了本心而戰。」

「明年，我等你。」

那恍若是晨曦的聲音。

當年晨曦最後給我的傳話內容，在我心中早已迴盪過千次萬次，每個字我都記得一清二楚。

懊悔充塞胸膛，與此同時，桓紫音老師在《音域少女》動畫結束後做出的評語，再次於我耳邊響起。

「所以說，不要輕言放棄。哪怕在人生中也是……汝等聽好了，對於真心想挽回的目標，絕對不要輕言放棄。」

「絕對不要輕言放棄」，這句話在我心中不斷迴盪。

最終，我忍不住掉淚。

……我好想見晨曦。

……好想好想。

好想對她說，我柳天雲現在已經不一樣了。

好想對她說……我柳天雲現在已經能為本心而戰。

好想對她說——我當年……對不起她。

一滴淚落下。

又一滴。

在我的淚水滴於胸前口袋的剎那——迷途瓢蟲霍然從口袋內飛出，在我面前盤旋飛舞，同時發出柔和的白光。

「……」我怔怔地望著迷途瓢蟲。

或許，專門為他人引領的迷途瓢蟲，正是因為感受到我心中的迷惘，所以才起了劇烈的反應。

迷途瓢蟲身上散出的白光，彷彿能帶給人勇氣，使意志不堅的人下定決心，被那白光包裹，我的淚水漸漸止住。

我要鼓起勇氣。

我……柳天雲要突破自己的心魔。

如果此刻卻步不前，那就會像《音域少女》可能的悲慘結局那樣，人生中什麼也不剩，多年後回首，只會在往事中看見巨大的遺憾。

在這瞬間，我打從心底感謝著寫出《音域少女》的風鈴。

也感謝點醒我的桓紫音老師。

於是，在最後的最後，我擦去眼角的淚水，慢慢站起身來。

我的動作很緩慢，卻很堅定。

望著在我面前的迷途瓢蟲，我不帶半絲玩笑性質，以人生中最鄭重的態度，對迷途瓢蟲提出了請求。

「……迷途瓢蟲。」

「請你，帶我去見晨曦。」

迷途瓢蟲開始急速飛行，我在後面奔跑追逐。

深夜的C高中十分陰暗，但迷途瓢蟲身上散發出的白光，讓我能牢牢地鎖定它。

它飛過了餐廳。

飛過了教學大樓前的廣場，沿著樓梯往上鑽去。

二樓……三樓……四樓……最後我爬到了頂樓。

迷途瓢蟲仍然沒有停下，它到了頂樓後，往右邊飛去，停在第一間教室前。

「嗡……」

就像徹底完成了自身使命那樣，在對我發出溫柔的低鳴聲後，迷途瓢蟲化為一陣光芒消失了。

教學大樓頂樓，右手邊第一間教室。

這裡，我很熟悉。

不如說，這裡是C高中內，我最熟稔的地方。

這間教室上，掛著一個原本是「合唱部」，最後被桓紫音老師蠻橫地用奇異筆畫去、硬在空白處寫上「怪人社」三字的門牌。

「怪人社……嗎？」

我喃喃自語。

怪人社此刻門窗緊閉。

透過模糊的光源，從玻璃窗望進，我看見怪人社裡面有一抹身材纖細的人影，正按著桌子寫作。

——晨曦，是妳嗎？

——會是妳嗎？

心臟怦怦作響。

……不能退縮，我要鼓起勇氣。

在深吸深吐了幾口氣後，我走到教室大門前，緩緩地拉開大門。

教室內的布置一如我們白天社團活動時。課桌椅、書櫃、茶几、講師桌、擺放教學道具的大收藏盒、沁芷柔用來放衣服的衣櫃，可謂毫無變化。

唯一有變化的，讓我心緒起伏不定的，是此刻坐在教室正中間、仰賴窗外月光進行寫作的少女。

在我看向那少女的同時，少女也轉頭看向我。

朝我露出微笑，笑得溫柔可人。

她沒有說話，但那笑容在此刻勝過了千言萬語，比說什麼都還要有渲染力。

「……」

少女此刻沒有綁起平常習慣的雙馬尾，而是任由滑順的紫色長髮披散而下，那份出眾的氣質，將她襯托得如畫中人物般耀眼。

那是任何人初見之下，都會看得出神的嬌俏容貌。

——風鈴。

毫無疑問，這個人是風鈴。

我感到口乾舌燥，花了好大的功夫，終於喚出少女的名字。

「……風鈴。」

在有關晨曦的方面，我是個很膽小的人。趁著好不容易鼓起的勇氣，我終於問出了盤旋在心中無數日夜的疑惑。

「風鈴，妳就是晨曦……嗎？」

聽了我的問話，風鈴的笑容變得有些複雜。

我從來沒想過，一向單純的風鈴，竟然也會露出這種笑容。

窗外的墨黑烏雲在此時遮蔽了月亮，月光無法再投射入教室中，瞬息間，一片黑暗攫住了視野。

於那無盡的黑暗中，風鈴對我做出了答覆。

「是的，我就是晨曦。」

後記

大家好，我是甜咖啡。

有病系列來到了第四集，怪人社的人物們隨著劇情進展，在咖啡心中的印象也越來越鮮活。

在很多時候，已經不是咖啡去刻意安排角色做什麼，而是自然而然就產生「啊啊，這裡她們會這樣應對吧」這種感覺，然後順勢就寫完了段落。

孤獨的柳天雲。

傲嬌的沁芷柔。

溫柔的風鈴。

悶騷的雛雪。

中二的桓紫音。

由於這本書裡怪人實在太多，在創作《在座寫輕小說的各位，全都有病》這本書時，咖啡也非常快樂，常常寫一寫就會笑出聲來。

快樂在彼此傳遞後，會變得更加強烈。

也正因為想將這份快樂分享給讀者，咖啡備加珍惜著這部作品，希望能完美地寫到結局，與大家一起見證怪人社成員們鬧劇落幕的那刻。

下一本書，如果沒有意外的話，將會出現有病系列至今為止的最高潮段落。精心策劃了四集、所有伏筆將一口氣爆發而出，以超展開鋪陳而出的真正展開……即將登場。

相信各位會喜歡。

非常感謝大家的支持，如果喜歡這本書的話，有空可以加入咖啡的FB粉絲團。

facebook.com/8523as

對了，故事中心蕊等人共同演出的《在座寫輕小說的各位，全都有病》的主題曲。曲調十分好聽，想聽看看的朋友可以上網搜尋關鍵字或是購買特裝版。

後記的最後，必須特別感謝編輯陳兄，他是個非常棒的編輯，替這本書付出了很多很多。

也非常謝謝繪師手刀葉，以及其他替本書付出心血的幕後英雄。

那麼，我們第五集再見。

甜咖啡

國家圖書館出版品預行編目資料

在座寫輕小說的各位，全都有病4 / 甜咖啡 作.
—初版. —臺北市：尖端出版，2016.8
冊；公分
ISBN 978-957-10-6630-1(平裝)

857.7　　105002461

浮文字
在座寫輕小說的各位，全都有病4

著　者／甜咖啡
榮譽發行人／黃鎮隆
總經理／陳君平
協　理／洪琇菁
總編輯／呂尚燁
封面插畫／手刀葉
美術總監／沙雲佩
美術編輯／方品舒
執行編輯／曾鈺淳
企劃宣傳／楊玉如、洪國瑋
國際版權／黃令歡、梁名儀
內文排版／謝青秀

出　版／城邦文化事業股份有限公司 尖端出版
台北市中山區民生東路二段一四一號十樓
電話：（〇二）二五〇〇—七六〇〇
傳真：（〇二）二五〇〇—二六八三
E-mail：7novels@mail2.spp.com.tw

發　行／英屬蓋曼群島商家庭傳媒股份有限公司城邦分公司 尖端出版
台北市中山區民生東路二段一四一號十樓
電話：（〇二）二五〇〇—七六〇〇（代表號）
傳真：（〇二）二五〇〇—一九七九

中彰投以北經銷／楨彥有限公司（含宜花東）
電話：（〇二）八九一九—三三六九
傳真：（〇二）八九一四—五五二四

雲嘉經銷／智豐圖書有限公司 嘉義公司
電話：（〇五）二三三—三八五二
傳真：（〇五）二三三—三八六三

南部經銷／智豐圖書有限公司 高雄公司
電話：（〇七）三七三—〇〇七九
傳真：（〇七）三七三—〇〇八七
客服專線：〇八〇〇—〇二八—〇二八

香港經銷／一代匯集
香港九龍旺角塘尾道六十四號龍駒企業大廈十樓B&D室
電話：（八五二）二七八三—八一〇二
傳真：（八五二）二七八二—七五一九

新馬經銷／城邦（馬新）出版集團Cite（M）Sdn. Bhd.
傳真：（八五二）二五八二—一五二九
E-mail：cite@cite.com.my

法律顧問／王子文律師　元禾法律事務所
台北市羅斯福路三段三十七號十五樓

二〇一六年八月一版一刷
二〇二一年十月一版八刷

■中文版■

郵購注意事項：
1. 填妥劃撥單資料：帳號：50003021戶名：英屬蓋曼群島商家庭傳媒(股)公司城邦分公司。2. 通信欄內註明訂購書名與冊數。3. 劃撥金額低於500元，請加附掛號郵資50元。如劃撥日起 10～14日，仍未收到書時，請洽劃撥組。劃撥專線TEL：(03)312-4212 ・ FAX：(03)322-4621。E-mail：marketing@spp.com.tw